Wat Grotmoder vertellt

Wilhelm Wisser

Wat Grotmoder vertellt

Die schönsten Geschichten vom Märchenprofessor

Bearbeitet von Reinhard Goltz
und Hans Heinrich Kolbeck

Wachholtz Verlag

ISBN 3-529-04727-9

Wat dor binnen steiht

Hans un de lütt Katt

Dar is mal eens en Buur west, de hett dree Söhns hatt. De jüngst is so en beten dummerig west, de hett Hans heten. Nu sünd se sik striedig west, de Söhns, üm de Buursteed. De een hett ehr hebben wullt, un de anner hett ehr hebben wullt. Do seggt ehr Vadder, se schüllt all eerst een Jahr denen. Un de denn den besten Sävel to Huus bringt, de schall de Buursteed hebben.

Plattdeutsch – *Hochdeutsch*
bedröövt – *betrübt*

Nu gaht se ja los. De een geiht rechts, de anner geiht links, un Hans geiht graadut. As Hans en Tietlang gahn hett, do kümmt he bi so en ool lütt Huus. Dar sitt en lütt Katt vör de Döör.

„Goden Dag, Hans“, seggt de lütt Katt, „wat fehlt di? Du sühst ja so bedröövt ut.“ – „Och“, seggt Hans, „wi schüllt een Jahr denen, wokeen as den besten Sävel to Huus bringen deit. Un den besten Sävel krieg ik ja doch nich.“ – „O, Hans“, seggt se, „denn bliev man bi mi. Du hest wieder nix to doon, as du musst mi dreemal dags waschen un kämmen.“

Nu blifft Hans ja bi de lütt Katt. As dat Jahr üm is, do seggt se: „Na, Hans, nu warrt ok woll Tiet, dat du hen to Huus geihst. Dien beiden Bröder sünd dar al.“ – „Ja“, seggt Hans, „ik heff ja noch keen Sävel.“

„O“, seggt se, „den Sävel schallst woll kriegen.“ Un do gifft se em dree Sävels. De een, dat is so en olen bleern west. De anner is al aardig wat beter west. Un de drüdd, dat is so ‘n ganzen schönen west.

As Hans to Huus kümmt mit sien Sävels, do wiest he ehr eerst den bleern. „Süh“, seggt sien Bröder un lacht, „dat hebbt wi uns woll dacht, dat Hans mit en bleern Sävel to Huus kamen deit.“

Do wiest he ehr den annern. De is nu al aardig wat beter west as de annern beiden ehr. Toletzt kümmt he mit den drüdden Sävel to Ruum.

Plattdeutsch – *Hochdeutsch*
bleern – *bleiern, aus Blei*
aardig – *ordentlich*

Do maakt se ja Ogen. „Ne“, seggt se, „dat kann gar nich angahn. So en schönen Sävel kann he sik nich verdeent hebben. Den mutt he sik woll stahlen hebben.“

Do seggt de Ool, denn schüllt se nochmal een Jahr denen. Un de denn dat fienst Linnen to Huus bringt, de schall de Buursteed hebben.

Nu gaht se ja wedder los. De een geiht rechts, de anner links, un Hans geiht graadut un geiht wedder na de lütt Katt hen.

„Na, Hans“, seggt se, „du kümmst ja wedder.“ – „Ja“, seggt Hans, „dat schall nich gellen. Wi schüllt nochmal wedder een Jahr denen, wokeen as dat fienst Linnen to

Huus bringen deit." – „O, Hans", seggt se, „denn bliev man wedder bi mi. Dien Arbeit weeßt du ja."

Na, Hans blifft ja wedder bi de lütt Katt. As dat Jahr üm is: „Na, Hans", seggt se, „nu warrt ok woll Tiet, dat du hen kümmst. Dien beiden Bröder sünd dar al." – „Ja", seggt Hans, „ik heff ja noch keen Linnen." – „O", seggt se, „dat Linnen schasst woll kriegen." Un do gifft se em dree Stücken. Dat een is recht so en ool groff Schewelheden west. Dat anner is al aardig en beten fiener west. Un dat drüdd, dat is so en ganz fien west.

Plattdeutsch – *Hochdeutsch*
Schewelheden – *grobes Leinen, Sackleinen*

As Hans to Huus kümmt mit sien Linnen, do wiest he ehr eerst dat Schewelheden. –„Süh", seggt de annern beiden un lacht, „dat hebbt wi uns woll dacht, dat Hans mit Schewelheden to Huus kümmt." – Do wiest he ehr dat anner Stück. Dat is nu al aardig en beten fiener west as *ehr* Linnen.

Toletzt kümmt he mit dat drüdd Stück to Ruum. Do maakt se ja wedder Ogen. „Ne", seggt se, „dat kann gar nich angahn. So en fien Linnen kann he sik nich verdeent hebben, dat mutt he sik wedder stahlen hebben."

Do seggt de Vadder, denn schüllt se nochmal wedder een Jahr denen. Un de denn de hübschst Bruut mit to Huus bringt, de schall de Buursteed hebben. „En Bruut", seggt he, „kann Hans sik ja doch nich stehlen."

Nu gaht se wedder los. De een geiht rechts, de anner links, un Hans geiht graadut un geiht wedder na de lütt Katt hen. „Na, Hans“, seggt se, „du kümmst ja *nochmal* wedder.“ – „Ja“, seggt he, „dat schall *noch* nich gellen. Wi schüllt nochmal wedder een Jahr denen, wokeen as de hübschst Bruut mit to Huus bringen deit.“ – „O Hans“, seggt se, „denn bliev man wedder bi mi. Dien Arbeit weeßt du ja.“

Nu blifft Hans ja wedder bi de lütt Katt.

Plattdeutsch – *Hochdeutsch*
Backaven – *Backofen* anböten – *anzünden*

As dat Jahr üm is: „Na, Hans“, seggt se, „nu musst ok woll wedder hen. Dien Bröder sünd dar al mit ehr Bruten.“ – „Ja“, seggt Hans, „ik heff ja noch keen Bruut.“ – „O“, seggt se, „de Bruut schasst woll kriegen. Gah man eerst bi un maak den Backaven hitt.“

As Hans dat Füür anbött hett, do seggt se to em: „Süh so, Hans, nu will ik vör't Lock hensitten gahn, un denn musst du mi en Schubbs geven un mi överkopp na't Füür rinstöten.“ – „Ne“, seggt Hans, so veel Godes, as se bi em daan hett, na't Füür kann he ehr nich rinstöten, dat kann un kann he nich. „O“, seggt se, „dat deit nix“; he schall dat man doon. Sünst kriggt he de Bruut ok nich.

Do deit he dat ja un stött de ool lütt Katt na't Füür herin. Un so as he ehr dar rinstött hett, steiht dar mit eenmal en fein Prinzessin bi em. Un dat lütt Huus is verswunnen. Dar is en groot, fein Slott ut worrn.

Do seggt de Prinzessin to em, se is in en Katt verwünscht west, un nu hett he ehr erlööst. Un nu wüllt se foorts anspannen laten, seggt se, un wüllt tosamen na sien Öllern föhren, se is nu sien Bruut.

Nu mutt Hans recht so en ool pulterig Tüüch antrecken – sien besten Antog knütt se em in en Dook –, un do föhrt se ja los.

Plattdeutsch – *Hochdeutsch*
foorts – *sofort* tonööst – *danach, anschließend*

Vör't Dörp lett se den Kutscher still holen. Un do seggt se to Hans, he schall afstiegen un eerst mal alleen hengahn, in sien ool pulterig Tüüch. Un tonööst schall he wedder trüch kamen un sien besten Antog antrecken, un denn wüllt se tosamen henföhrn.

Nu geiht Hans ja eerst alleen hen. As he dar ankümmt to Huus, do sitt de annern beiden dar ja mit de Bruten, un Hans hett ja keen.

„Süh", seggt se un lacht, „dat hebbt wi uns woll dacht, dat Hans keen Bruut kriegen kunn. Nu is dat ja doch to sehn, dat he sik dat anner stahlen hett."

Do geiht Hans wedder trüch un treckt sien besten Antog an, un do föhrt se tosamen hen.

Nu kümmt dar ja mit eenmal so en fein Fahrwark anföhrn mit Kutscher un Bedeenter. Un se springt ja op, de beiden Bröder, un kaamt vör de Dööor lopen: Dar kümmt Hans utstiegen mit de Prinzessin. Do riet se de

Ogen ja apen un weet ja gar nich, wat se seggen schüllt. – Nu hett Hans ok ja de hübschst Bruut hatt.

Do seggt de Vadder: „Wenn he sik dat anner ok allens schull stahlen hebben, de Bruut kann he sik ja doch nich stahlen hebben. Un de Buursteed", seggt he, „de kümmt Hans bi."

Plattdeutsch – *Hochdeutsch*
dootblieven – *sterben*

Do seggt de Prinzessin, de Buursteed, dar künnt se mit maken, wat se wüllt. De wüllt se gar nich hebben. Se hebbt en Slott. Un do hett Hans de Prinzessin to Fru kregen. Un wenn se nich dootbleven sünd, denn leevt se noch.

Hans un de Königsdochter

Dar is mal eens en König west, de hett en Dochter hatt, de hett so wiet springen kunnt. Un do lett de König utgahn, de vör Fröhkost so wiet meihen kann as sien Dochter springen, de schall ehr to Fru hebben.

Plattdeutsch – *Hochdeutsch*
Fröhkost – *Frühstück, Morgenmahlzeit*
rieten un doon – *drauf los arbeiten*
Toloop halen – *Anlauf nehmen*

Nu is dar en Buurn west, de hett dree Söhns hatt, de kriegt dat ok ja to höörn. Do seggt de öllst: „Du, Vadder“, seggt he, „ik kann ja so schöön meihen; ik will hen un will mal sehen, wat ik de Königsdochter nich kriegen kann.“ – „Ja, mien Jung“, seggt de Ool, „dat do man.“

He geiht hen un lett sik anmellen, un dat Meihen geiht ja los. Un he ritt un deit ja, dat he en ordentlichen Plakken afkriggt. As dat Fröhkosttiet is, do kümmt de Königsdochter un bringt em Fröhkost. „Na“, seggt se, „eerst eten oder eerst meten?“ – „Eerst meten“, seggt he. Da haalt se en Toloop un springt to, un springt dar baven över hen. Do mutt he ja so wedder to Huus.

Do seggt de tweet Söhn, he kann ok ja so schöön meihen, denn will *he* dar mal op af. Den geiht dat, kort to vertellen, graad evenso. As se mit de Fröhkost kümmt un se fraagt em: „Na, eerst eten oder eerst meten?“, do seggt he ok: „eerst meten.“ Un do haalt se en Toloop un springt dar wedder baven över hen. Un he mutt ok ja so wedder aftrecken.

Do seggt de jüngst Söhn, de hett Hans heten – den hebbt de annern ümmer so'n beten dummerig holen – de seggt do, denn will *he* dar mal hen. „Ach, Jung", seggt de Ool, „wat wullt *du* dar? Dien beiden Bröder sünd dar nix worrn: *du* warrst dar ja gar nix bi." – „Ja, Vadder", seggt he, „dat kann en männichmal nich weten. Ik will dat doch mal versöken." – „Na, denn gah los", seggt de Ool.

Plattdeutsch – *Hochdeutsch*

Lee – *Sense*
Köppen – *Tasse*
Lütt Placken – *kleines Stück, winziger Flecken*

Hans nimmt sien Lee över den Nacken, un denn nimmt he sik so en lütt Köppen vull gröön Seep mit, un do geiht he ja hen. As he in de Wisch kümmt, do meiht he so en beten bi sik rüm, un meiht so en lütten Placken af, wo he goot op liggen kann, mehr nich. Un as he dat hett, do leggt he sik hen to'n Slapen. Un slöppt so lang, bet de Königsdochter mit de Fröhkost kümmt.

Do waakt he op. „Na, Hans", seggt se un lacht, „mehr hest nich af?" – „Ja, Deern", seggt he, „dar springst du noch gar nich röver." – „*Dat* lütt Flach?", seggt se, „dar schall ik noch to springen?" – „Ja", seggt Hans, „springen schallst du." – „Na, wullt denn eerst eten", seggt se, „oder wüllt wi eerst meten?" – „Ne, eerst eten", seggt Hans.

Do sett se sik bi em in't Gras, un Hans vertehrt ja sien Fröhkost. As he bi to eten is, do warrt se dat Köppen wahr mit de gröön Seep. „Wat hest *dar* in, Hans?", fraagt se. „Ja", seggt Hans, „dat is Sprungsalv. Wenn een sik dar wat vun ünner de Fööt smeert, denn kann een noch veel wieder springen, ahn en Toloop." – „O, Hans", seggt se, „dat will ik doch mal versöken." Hans mutt ehr wat ünner de Fööt smeern, un do schall dat Meten ja losgahn.

„Süh so, Hans", seggt se, „nu pass op." Un darmit springt se to – en Toloop haalt se gar nich eerst – un rutsch! glitscht se ut un liggt op de Nees. Nu hett se ja nich so wiet sprungen as Hans meiht hett, un do hett Hans ja wunnen. Un do geiht he mit ehr hen na den König un will ehr ja to Fru hebben.

De König will dar aver nix vun weten. So en olen dummen Hans hett sien Dochter ja nich hebben schullt. Un do seggt he to Hans: „Ne, dat kann nich gellen. He hett sien Dochter bedragen; to Fru kriggt he ehr nich." Un do mutt Hans ok ja so wedder aftrecken.

As dat en Tietlang her is, do warrt de Königsdochter krank. Un de Dokters seggt, se kann anners nich wedder beter warrn, se mutt dree frisch Fiegen to eten hebben. Do lett de König utgahn, de em dree frisch Fiegen bringen kann, wo sien Dochter wedder beter vun warrt, de schall ehr to Fru hebben. Do seggt de öllst Söhn: „Du, Vadder", seggt he, „weest *wat*? Wi hebbt hier ja so en schönen Fiegenboom in den Gaarn. Dar will ik mi dree

Fiegen vun afplücken un will de henbringen." – „Ja, mien Jung", seggt de Ool, „dat do man."

He kriggt sien Fiegen in so en lütten Büdel un geiht dar ja mit los. Ünnerwegens begegent em en olen Mann – dat is uns Herrgott west –, de fraagt em, wat he dar in sienen Büdel hett. „Peerfiegen", seggt he. „Denn laat dat Peerfiegen blieven", seggt de ool Mann.

Plattdeutsch – *Hochdeutsch*

Peerfieg – *Pferdeapfel*
afjackeln – *kräftig durchprügeln*

As he dar nu kümmt op dat Slott, do lett he sik ja anmellen, dat he frisch Fiegen bringt för de krank Königsdochter. „Na", seggt de König, „denn laat dien Fiegen mal sehn." He maakt sien Büdel ja apen un langt dar rin, un do kriggt he dar dree recht so'n geel Peerfiegen rut. „Dumm Bengel!" seggt de König, „wullt *du* een hier noch för en Narren hebben?" He röppt de Wach, un do jackelt se em todegen af un smiet em rut. Un he kümmt ja *so* wedder an to Huus.

Do seggt de tweet Söhn, denn will *he* mal hen mit Fiegen. Den geiht dat, kort to vertellen, graad evenso. As de ool Mann em fraagt, wat he in sienen Büdel hett, do seggt he ok: „Peerfiegen". Un as he bi den König kümmt naher, do *sünd* dat Peerfiegen. Un do kriggt he sien Jackvull un kümmt ok ja so to Huus wedder an.

Do seggt Hans, denn will he mal hen. „Ach, Jung", seggt de Ool, „wat wullt *du* dar? Dien beiden Bröder ehr Fiegen hebbt nix holpen: wat schullen *dien* denn woll helpen?" – „Ja, Vadder", seggt he, „dat laat; dat kann een männichmal nich weten. Ik will dat doch mal versöken." He plückt sik dree Fiegen af un geiht dar mit los. Do kümmt de ool Mann dar wedder her. „Na, Hans", seggt he, „wat hest dar in, in dien Büdel?" – „Frisch Fiegen", seggt Hans, „de schall de krank Königsdochter hebben." – „Denn laat dat frisch Fiegen blieven", seggt de ool Mann.

As Hans vör dat Slott kümmt, do will de Posten em eerst gar nich roplaten. He denkt, Hans will den König ok för en Narren hebben. Do lett Hans em in den Büdel kieken, un do süht he ja, de Posten, dat dat Fiegen sünd. Un do lett he em dörch.

Plattdeutsch – *Hochdeutsch*
Driever – *Schlingel, Herumtreiber*

As Hans bi den König kümmt: „Na", seggt de König, „du büst ok woll so en Driever as dien beiden Bröder. Maak dienen Büdel man eerstmal apen." Hans maakt sien Büdel ja apen, un do kriggt he dar dree recht so'n schöön frisch Fiegen herut. Se leggt de Fiegen op en gollen Töller, un do kriggt de Königsdochter ehr to eten. Un so as se ehr op hett, is se wedder beter.

Nu hett Hans dat ok ja kunnt. De König will dat aver *noch* nich gellen laten. He hett hunnert Hasen, seggt he, in sien Slottgaarn. Wenn Hans de een Dag över höden kann un kann ehr avends all hunnert wedder mit to Huus bringen, denn schall he sien Dochter hebben.

Hans denkt: „Dat kannst ja doch nich." He lett den Kopp hangen un schüfft af. Ünnerwegens begegent de ool Mann em wedder. „Na, Hans", seggt he, „wat fehlt di? Du sühst ja rein so benaut ut." – „Ja", seggt Hans, „ik schall den König sien hunnert Hasen höden. Wenn ik dat kann, denn schall ik de Königsdochter hebben. Aver dat kann ik ja nich." – „Ja, Hans", seggt de ool Mann, „dat kannst du." – „Ja, wo schall ik *dat* maken?", seggt Hans. – „Dat will ik di seggen, Hans", seggt de ool Mann. „Hier hest du en Fleit. Wenn du dar op fleiten deist, denn kaamt de Hasen all wedder op en Dutt. Aver wenn de Königsdochter bi di kümmt un will di en Hasen afköpen, denn muttst du di hart holen un muttst ehr keen kriegen laten." – „Ne", seggt Hans, dat will he denn ok nich.

Plattdeutsch – *Hochdeutsch*
benaut – *niedergeschlagen*
Fleit – *Flöte*
vunavend – *heute abend*

Annern Morgen geiht Hans wedder hen na den König un seggt, he will de hunnert Hasen höden. Se laat de Hasen ut, un so as se ruut sünd, löppt de een hier hen un de anner dar hen. Hans kriggt sien Fleit ut de Tasch un fleit. Un do kaamt se all wedder trüch. So geiht dat nu den ganzen Dag. De Hasen sünd ümmer över all de Bargen; un wenn Hans fleit, denn kaamt se ümmer all wedder op en Dutt.

Namiddaags kümmt de Königsdochter bi em an: he schall ehr doch een Hasen verköpen. „Ne, Deern", seggt Hans, „dat kann ik ja nich. Denn heff ik vunavend mien hunnert Hasen ja nich."

Se biddt un prellt aver ja so lang, bet he ehr toletzt doch een kriegen lett. Se kriggt ehren Hasen in en Korf un geiht darmit los. „*Den* hest schöön anföhrt!", denkt se, „nu hett he sien hunnert Hasen ja nich vunavend." Aver as se al dicht bi dat Slott is, do kriggt Hans sien Fleit her un fleit, un wutsch! springt de Haas ehr ruut ut den Korf un löppt weg un kümmt bi Hans wedder an.

Plattdeutsch – *Hochdeutsch*
prellen – *drängen, quälen*

Avends hödt Hans hen to Huus mit sien Hasen. Se warrt wedder inlaten in den Gaarn, un de König tellt ehr: Do sünd se dar all hunnert wedder. De König will dat aver *noch* nich gellen laten. Hans schall em eerst en Sack vull Wahrheit bringen. Wenn he dat ok noch kann, denn schall he de Königsdochter hebben.

Hans lett den Kopp ja wedder hangen un treckt af. Un will ja wedder hen to Huus. Do kümmt de ool Mann wedder gegen em an. „Na, Hans", seggt he, „wat fehlt di? Du büst ja wedder so armen Sinns." – „Ja", seggt Hans, „de König will dat *noch* nich gellen laten. Ik schall em eerst en Sack vull Wahrheit bringen. Wenn ik dat kann, denn schall ik de Königsdochter hebben. Aver dat kann ik ja nich." – „Ja, Hans", seggt de ool Mann, „dat kannst du." – „Ja", seggt Hans, „wo schall ik *darbi* kamen? Ik weet ja gar nich, wo de Wahrheit is." – „Ja, dat will ik di seggen", seggt de ool Mann. „Du nimmst en Sack un en Sacksband, un denn geihst du hen na den König un maakst dat so un so." Un darmit seggt de ool Mann em Bescheed, wodennig as he dat maken schall.

Annern Dag, do geiht Hans ja wedder hen na den König. „Na, Hans", seggt de König, „bringst du mi en Sack vull Wahrheit?" – „Ja, Herr König", seggt Hans. – „Ja", seggt de König, „du hest dar ja nich nix in, in dien Sack." – „Ne", seggt Hans, „*noch* is dar nix in. Aver dat schall nich lang duurn, denn is he vull." – „Na, dat schall mi doch mal verlangen!", seggt de König. „Ja", seggt Hans, „Herr König hett ja doch utgahn laten toeerst, de wieder meihn kunn as sien Dochter springen, de schull ehr to Fru hebben. Un do heff ik ja doch wieder meiht. Is dat woll nich wahr, Herr König?" – „Ja, Hans", seggt de König, „dat hest du. Dat is de Wahrheit." – „Herin na mien Sack", seggt Hans, „dat mien Sack vull warrt!"

Plattdeutsch – *Hochdeutsch*
wodennig – *wie, auf welche Weise*
dat schall mi mal verlangen – *da bin ich aber mal gespannt*
nedden – *unten*

Un darmit kriggt he dat Sacksband her un binnt dat nedden üm, üm den Sack. „Ja, un naher", seggt Hans, „do hett Herr König ja doch utgahn laten, de em dree frisch Fiegen bringen kunn, wo de Königsdochter wedder beter vun wörr, de schull ehr to Fru hebben. Un do heff ik ja doch dree frisch Fiegen bröcht un heff ehr wedder gesund maakt. Is dat woll nich wahr, Herr König?" – „Ja, Hans", seggt de König, „dat hest du. Dat is de Wahrheit." – „Herin na mien Sack", seggt Hans, „dat mien Sack vull warrt!"

Un darmit knütt he dat Band nedden los un binnt em in de Midd üm. „Ja, un toletzt", seggt Hans, „do hett Herr König mi ja doch verspraken, wenn ik sien hunnert

Hasen een Dag över höden kunn, denn schull ik de Königsdochter hebben. Un do heff ik ehr ja doch hödt un heff ehr avends all hunnert wedder mit to Huus bröcht. Is dat woll nich wahr, Herr König?" – „Ja, Hans", seggt de König, „dat hest du. Dat is de Wahrheit." – „Herin na mien Sack, dat mien Sack voll warrt!", seggt Hans.

Plattdeutsch – *Hochdeutsch*
dootblieven – *sterben*

Un darmit knütt he dat Band in de Midd los un binnt dat baven üm. „Süh so, Herr König, nu is mien Sack vull. Un en Sack vull Wahrheit schull ik ja bringen. Denn schull ik de Königsdochter ja hebben." Nu kann de König dar ja nix mehr gegen seggen.

Un do hett Hans de Königsdochter to Fru kregen. Un as de König dootbleven is, do is Hans König worrn.

König Spitzbaart

Dar is mal en König west, de hett en Dochter hatt, de is so ganz över de Maten stolz west. Wenn dar Prinzen kamen sünd un hebbt üm ehr anholen, denn hett se op enen dit weten un op den annern dat un hett ehr ümmer afwiest. Ehr Vadder is dar al ganz verdreetlig över west, aver he hett nix mit ehr opstellen kunnt.

Nu is dar ok mal en König kamen mit so en spitzen Baart, de hett ok üm ehr anholen. Un ehr Vadder hett dat so geern wullt, dat se em hett heiraten schullt, un hett ehr dat so veel vörstellt. Aver se hett ümmer över sienen spitzen Baart spektakelt. „König Spitzbaart" hett se ümmer seggt. Un toletzt hett se em seggen laten, he harr ja en Baart as en Zegenbuck, un en Zegenbuck wull se nich hebben; he schull man hengahn, wo he herkamen weer. Un do is he ok ja so wedder afreist.

As he even weg is, do lett de König sien Dochter vör sik kamen. „Süh so, mien Deern", seggt he, „nu wüllt wi dar en Enn in maken. De eerst, de wedder vör't Slott kümmt, den laat ik di antruun, un wenn dat ok en Beddelmann is."

Annern Morgen, do kümmt dar so'n olen Örgelspeler vör't Slott to Örgel spelen. Dat is König Spitzbaart west, de hett sik sien Baart afnehmen laten un hett sik ümkleedt hatt as en olen Örgelspeler. De König, wat ehr Vadder west is, de hett Bescheed weten; mit den hett he dat afsnackt vörher.

As he dar nu spelen deit vör't Slott, do lett de König em rophalen. Un do röppt he sien Dochter – den Preester hett he al vörher Bescheed seggt hatt –, un do warrt se den Örgelspeler antruut. Un as se em antruut is – Hochtiet is dar gar nich eerst holen worrn –, do seggt ehr Vadder to ehr: „So, nu knütt di man en paar Plünnen in en Dook, un denn maak man, dat du mit dien Mann ut dat Slott kümmst. Hier bi mi beholen kann ik di nu nich länger. Dat höört sik so, dat de Fru mit ehren Mann geiht."

Plattdeutsch – *Hochdeutsch*
Heed – *Flachsfasern, Werg*

Se will ja partout nich mit un geiht ja to op en dulle Aart. Aver ehr Vadder höllt sik hart, un se kann sik hebben, as se will: se mutt mit den Örgelspeler weg, na de Welt herin.

Nu is dar dicht bi König Spitzbaart sien Slott en groot Holt west. Un in dat Holt hett so en ganz ool lütt Huus stahn. Dar geiht de Örgelspeler mit ehr hen. Un as se dar ankaamt, do seggt he to ehr: „So, nu sünd wi ok to Huus. Hier wahn ik."

Nu gaht se ja rin na dat Huus, un do schall se ja Füür anböten un wat to eten kaken. Se kann aver ja keen Füür ankriegen un fangt an to wenen. – „Na", seggt de Örgelspeler, „dat seh ik al, wenn ik wat to eten hebben will, denn kann ik mi sülven wat kaken. Du weeßt ja narms wat af."

Annern Morgen seggt he to ehr: „To'n Etenkaken büst ja nicht to bruken. Aver ik heff noch en Sack mit Heed;

denn gah dar nu man bi un spinn *de* op." Un darmit nimmt he sien Örgel op den Nacken un geiht weg, as wenn he ut will to Örgel spelen. He geiht aver na sien Slott hen un blifft den Dag över dar.

As he weg is, do will se ja bi to spinnen. Aver de Heed is ja so groff, un se ritt sik dar all de Finger bi twei. Un spinnen kann se ok ja nich.

Plattdeutsch – *Hochdeutsch*
twei – *entzwei, kaputt*

Avends kümmt he ja wedder an't Huus mit sien Örgel. Do sitt se dar vör't Spinnrad un weent. Se kann dar nich mit togang kamen, seggt se; se hett sik dar al all de Finger bi tweireten, aver se kann nich spinnen.

Do warrt he wedder schellen. „Na", seggt he, „mit di bün ik schöön bedragen. Du büst ok doch narms nütz to. Aver ik heff vondaag goot verdeent", seggt he, „ik will di morgen en beten Steentüüch köpen in de Stadt. Denn kannst du dar op de Straat mit utstahn."

Annern Dag stellt se sik en Disch hen op de Straat, un dar sett se ehr Schötteln op. Do kaamt dar Suldaten anrieden – de hett König Spitzbaart bestellt hatt – de riedt graad op ehren Disch los un riedt em üm, dat all ehr Schötteln tweifallt. – Se weent ja un geiht hen to Huus. „Wat schall eenmal dien Mann seggen?", denkt se.

As de Örgelspeler to Huus kümmt avends, do sitt se dar ja wedder un weent. „Na", seggt he, „hest dien Steentüüch verköfft? Hest goot wat böört?" – „Ne", seggt se, se hett gar nix böört. Un do vertellt se em dat, wo ehr dat gahn hett. Se hett ehren Disch op de Straat henstellt hatt, seggt se, un do sünd dar Suldaten anrieden kamen, de hebbt ehr den Disch ümreden, un all ehr Schötteln sünd tweifullen.

Plattdeutsch – *Hochdeutsch*
bören – *heben, anheben, hier: verdienen, einnehmen*

Do warrt he ja wedder schellen. „Du büst ok doch gar to dumm“, seggt he, „wo kunnst du dien Disch ok woll midden in den Markt henstellen? Harrst di nich en beten anners setten kunnt, en beten in de Eck? – Mit di is ok doch rein gar nix optostellen. Aver een Deel heff ik mi *noch* utsunnen“, seggt he, „de Königssöhn will morgen Hochtiet geven. Ik will mal hen na't Slott un will mal sehen, wat ik di dar nich anhelpen kann bi't Schöttelwaschen.“ – As he wedder trüchkümmt, do seggt he: „Ja“, he hett ehr dar anbröcht, se schall morgen fröh man henkamen.

Annern Morgen, as se hen will, do seggt he to ehr, se schall sik en Büdel üm't Liev binnen, ünnern bövelsten Rock, dar schall se Gebackels un so wat insteken, so veel as se man weggrapsen kann. Avends, wenn dat düüster is, denn will he achter dat Finster kamen un dat afhalen. Se schall sik dar aver nich bi faatkriegen laten, dat se dar nich mit anlöppt. – „Och, Gott“, denkt se, „nu musst al stehlen!“

Nu geiht se ja hen na't Slott un mutt Schötteln waschen den Dag över. Un wenn dat nüms süht, denn stickt se sik ümmer Gebackels in ehrn Büdel, dat he al ganz vull west is toletzt.

As dat Eten vörbi is, do schall dat Danzen ja losgahn. Nu is dat so Mood west, dat de Brüdigam den eersten Danz mit de Schöttelwaschersch hatt hett. Un do kümmt de Brüdigam – dat is König Spitzbaart west – de kümmt in de Köök an un nödigt ehr op.

Plattdeutsch – *Hochdeutsch*
vörnarrn hebben – *zum Narren halten*

Se meent ja, dat is en vun de Herren, de mit op de Hochtiet sünd, dat de ehr vörnarrn hebben will, un se will ja nich mit em. Aver he höllt keen Freden; se mutt ja mit.

As se nu op den Saal sünd, un se sünd bi to danzen, do puult he ehr dat Band los, wo se sik den Büdel mit fastbunnen hett. Un do geiht de Büdel ja los un flüggt midden na den Saal rop, dat all dat Gebackels herutfallt.

Do schaamt se sik ja so dull un will weglopen. Aver he höllt ehr fast un seggt, wat se em denn gar nich kennen deit. He is König Spitzbaart ja.

Un de Örgelspeler, dat is *he* ja west, un se is em ja antruut un is sien Fru.

Un nu schall se ok bi em in sien Slott blieven as Königin. All, wat he mit ehr opstellt hett, seggt he, dat hett he ja ut goden Harten daan; he hett ehr ja blots ehrn Stolt aflehrn wullt.

Do süht se ja, wo goot as he dat mit ehr in Sinn hatt hett, un woveel as he vun ehr holen deit, dat he ehr doch hett hebben wullt, so aasig as se gegen em west is. Un do biddt se em, he schall ehr dat doch vergeven. Se will ok allens doon, wat se em an de Ogen afsehen kann.

Do hebbt se eerst vergnöögt tosamen Hochtiet fiert – dat hebbt se do nahaalt –, un naher hebbt se glücklich tosamen leevt. Se is de best Fru worrn, de dar west is.

Bi de Meerfru

Dar is mal en König west, de hett mit sien Fru en Lustfahrt maakt op de See. As se nu midden op dat Water sünd, do steiht dat Schipp mit eenmal still. Do seggt de König to den Stüürmann, worüm as he dat Schipp still stahn lett; he schall doch toföhrn. – „Ja“, seggt de Stüürmann, „dat Schipp sitt fast“, he kann dat nich wiederkriegen. Do röppt dar en Stimm ut dat Water: „Wenn ik dat hebben schall, wo de Königin nu graad an denken deit, denn schall dat Schipp wedder los.“

Nu hett se gar keen Kinner hatt, de Königin, un do hett se graad so dacht: „Harrst du doch en lütten Prinzen!“ Un darbi hett se so bi sik dal keken, un do is ehr dat Slötelbund in't Oog fullen, dat hett se so an't Schörtenband hangen hatt. Un do meent se, se hett an de Slötels dacht. Un do röppt se: „Ja.“ Un darmit smitt se de Slötels ok glieks na de See herin.

De Stimm, dat is de Meerfru west. De hett aver den Prinzen hebben wullt, wo de Königin an dacht hatt. De Slötels hett se gar nich meent. Nu kümmt dat Schipp ja los, un do föhrt se ja wieder. Un de Königin gruvelt dar ja ümmerlos över na, wat dat eenmal för een west hebben kann, de dat Ropen daan hett, un wat de mit de Slötels will.

Na verlopen Tiet kümmt de Königin op't Arvstroh un kriggt en lütten jungen Prinzen. De Prinz, de wasst heran, un as he so en Jung is vun en Jahrer acht, negen, do speelt he ümmer mit en annern lütten Prinzen, de is ok so vun sien Öller west. De König hett en Unkel hatt; den sien Söhn is dat west.

Nu hett de König ehr en paar lütt Ponys köfft, dar sünd se ümmer op utreden tosamen. Un nu is dat mal een Dag so 'n leeg Wedder west, un de beiden Ponys sünd so schietig worrn: Do wüllt se ehr to Water rieden, dat se ehr en beten afspöölt, un riedt en Flach na de See herin. Se riedt aver en beten wiet herin, un mit eenmal kümmt dar en Hand ut dat Water un ritt den Prinzen vun't Peerd un treckt em ünner dat Water.

Plattdeutsch – *Hochdeutsch*
Arvstroh – *Erbstroh, Kindbett*
leeg – *schlecht*
Flach – *Stück*
vör Storm – *wie wild, unbändig*

De anner Prinz, de hett nix sehn vun de Hand, de meent, he is affullen. Un as he gar nich wedder bavenkümmt, do meent he ja, he is verdrunken. Un do ridd he vör Storm hen to Huus un will Hölp halen. Un se loopt ja gau hen mit Stangen un Hakens un söökt em na. Aver se köönt em narms finnen un mööt so wedder to Huus.

Nu sind se ja all bedröövt west, dat de Prinz verdrunken is. Aver dat helpt ja nix. Se hebbt em darmit ja nich wedder.

De Hand, de den Prinzen ünner dat Water trocken hett, dat is de Meerfru west. De hett den Prinzen so geern hebben wullt un hett al ümmer luurt, wenn he op sien Pony an dat Water lang reden is. Prinzessinnen hett se al twölf Stück hatt. Aver se hett noch keen Prinzen hatt. Darüm is se ümmer so achter den Prinzen west.

As he dar nu bi ehr is, de Prinz, da weent he ümmerlos. Do seggt se to em, he schall man still wesen. Wenn he sik goot schicken deit, denn schall he ok wedder hen to Huus. Aver veer Jahr, seggt se, mutt he dar bi ehr blieven.

Nu is he dar al veer Jahr west, bi de Meerfru, do seggt se mal een Dag to em: „So, mien Jung", seggt se, „nu will ik di dree Deel opgeven. Wenn du dar mit torecht warrst, denn schallst du wedder hen to Huus."

Do kriggt he toeerst en Stück witt Gaarn, dat schall he to swart waschen, un en Stück swart Gaarn, dat schall he to witt waschen. Dat is aver aarig wat grötter west, dat swarte. He geiht mit sien Gaarn an de See un wascht ümmerlos. Aver he kann dat witt Gaarn nich to swart kriegen un dat swart nich to witt. Un he denkt bi sik sülven: „Wat fangst du eenmal an? Wo kriggst du dat torecht?"

Den Avend geiht he mit sien Kraam to Huus. He kann dar nix mit opstellen. In de Nacht, do kümmt de een Prinzessin bi em an un fraagt em, wat em fehlen deit; he hett ja weent, seggt se, as he to Huus kamen is. – Ja, seggt he, he schall witt Gaarn to swart waschen un swart Gaarn to witt. Un he hett den ganzen Dag wuschen. Aver he kann dar nich mit togang kamen. – Ja, seggt se, wenn he ehr nich verraden will, denn will se em helpen. – Ne, verraden will he ehr ja nich.

Annern Morgen, do geiht he wedder mit sien Gaarn an de See, un dat Waschen geiht ja wedder los. He hett eerst en lütt Ogenblick wuschen, do kümmt de Prinzessin bi em an. „Na", seggt se, „schall ik di nu helpen?" – „Ja", seggt he, „ik kann dar doch nich mit togang kamen." – „Ja, kannst du ok swiegen?", seggt se. – „Ja", seggt he, „swiegen kann ik." – „Ja, dat musst du ok", seggt se.

Nu hett se so en lütten witten Stock in de Hand hatt, un en beten wieder lang, dar hett en Steen an de See legen. Do geiht se hen un kloppt mit ehren Stock op den Steen. Un do seggt se: „All ihr kleinen Däumerlinge meiner Mutter, kommt heraus!" Do kaamt de lütten Düümlings – dat sünd so'n lütt Keerls west – de kaamt all ünner den Steen rut un gaht bi dat Gaarn to waschen. Un dat duurt nich so lang, do hebbt se dat witt Gaarn to swart un dat swart to witt. Do kloppt se wedder op den Steen, de Prinzessin, un do kruupt de lütten Düümlings all ünner den Steen wedder rünner.

An den Avend geiht he hen to Huus mit sien Gaarn. – „Na", seggt de Meerfru, „wo wiet büst du?" – „Ja, ik bün darmit to Schick", seggt he. – „Dat kann gar nich angahn“, seggt se. „Denn mutt di een holpen hebben.“ – „Ne“, seggt he, „holpen hett mi nüms.“

Annern Dag hett de Meerfru al wedder en frisch Opgaav för em. Do hett se en Tunn Roggen un en Tunn Weten een mang dat anner gaten, dat schall he in dree Daag utenannern sammeln, jeden Deel för sik.

Plattdeutsch – *Hochdeutsch*
nüms – *niemand*

He sammelt enen Dag, he sammelt twee Daag, aver de Dutt warrt nich lütter, blifft ümmer so groot, as he is. Den drüdden Dag fangt he gar nich eerst an to sammeln. Dat helpt ja doch nix. He sett sik dar bi hen un weent. Do kümmt de Prinzessin wedder bi em an. „Na“, seggt se, „wat fehlt di? Du sittst ja wedder un weenst.“ – „Ja“, seggt he, „ik schall dat Koorn hier een mang dat anner utsammeln, un dat kann ik ja nich. Twee Daag heff ik al sammelt, un dat is noch gar nich to sehn, dat ik bi west bün.“ – „Ja, denn mutt ik di ja woll wedder helpen“, seggt se. „Aver du musst mi nich verraden.“ – Ne, verraden will he ehr ok nich.

Do geiht se wedder hen un kloppt mit ehren Stock op den Steen. Un do seggt se: „All ihr kleinen Däumerlinge meiner Mutter, kommt heraus!“ Do kaamt de lütten Düümlings all wedder ünner den Steen ünnerrut. Un in een Ogenblick is dat Koorn utenannersammelt, Roggen alleen un Weten alleen, twee groot Dütt. Un do kloppt se wedder op den Steen, un een – twee – dree sünd de lütten Düümlings all wedder weg, all ünner den Steen wedder rünner. Do is he mit de tweet Opgaav ok to Schick.

Den Avend, as he to Huus kümmt: „Na“, seggt de Meerfru, „wo wiet büst du mit dien Koorn?“ – „Ja“, seggt he, „dat Koorn is utenanner.“ – „Dat kann gar nich angahn“, seggt se. „Denn mutt di een holpen hebben.“ – „Ne“, seggt he, „holpen hett mi nüms, ik heff nüms sehn.“

Plattdeutsch – *Hochdeutsch*
vermöden – *ermüden*

Annern Morgen seggt se to em: „So, nu heff ik noch een Deel: In mien Ossenstall staht dreehunnert Ossen. Un de Stall is in hunnert Jahr nich eenmal utmiss. Den schallst du in fiev Daag utmissen.“ He kriggt sik en Schuuvkaar her un fangt bi den Miss an to schuven. He hett al twee Daag schaven, un dat is noch gar nich to sehn, dat he wat rutkregen hett. He schüfft den drüdden Dag un den veerten Dag ok noch, un de Stall is noch even so vull, as he west is. Dat geiht al gegen Avend: Do vermöödt he darbi, un he sett sik op de Schuuvkaar hen un weent.

Do kümmt de Prinzessin wedder bi em an. „Na, wat fehlt di?“, seggt se. „Du sittst hier ja wedder un weenst.“ – „Ja, ik schall den Stall utmissen“, seggt he, „un schall em in fiev Daag leddig hebben, un dat kann ik ja nich. Veer Daag heff ik al schaven, un dat is noch gar nich to sehn, dat dar wat rut is.“ – „Ja, denn mutt ik di ja woll wedder helpen“, seggt se, „aver du musst mi nich verraden.“ Ne, dat will he ok ja nich.

Do geiht se wedder hen un kloppt mit ehren Stock op den Steen: Do kaamt all de lütten Düümlings ünner den Steen ünnerrut, all mit so en ganz lütt Schuuvkaar. Un do bi den Miss to schuven. Un in een Ogenblick is de Stall leddig.

As he to Huus kümmt an den Avend: „Na“, seggt de Meerfru, „wo wiet büst du?“ – „Ja“, seggt he, „de Stall is leddig.“ – „Dat kann gar nich angahn“, seggt se, „denn hett di ok een holpen.“ – „Ne“, seggt he, „holpen hett mi nüms.“ – „Ja, doch“, seggt se, „een vun mien Prinzessinnen is bi di west.“ – „Ne, bi mi is nüms west“, seggt he. „Ik heff nüms sehn.“ Nu kann se ja nix mit em opstellen, un do seggt se to em, se hett ja twölf Prinzessinnen, dar schall he sik den annern Morgen een mang utsöken, to Bruut.

In de Nacht kümmt de Prinzessin wedder bi em an. „Wenn du di morgen een mang uns utsöken schallst“, seggt se, „denn hett de Oolsch uns all tosamen to Tieren maakt. Un denn bün ik en lütt Katt, un de Haar sünd mi in de Siet verbrennt. Dar kannst du mi an kennen.“

Annern Morgen bringt de Meerfru em na en groten Saal herin. Do sünd dar allerhand Tieren in den Saal, Löven un Baarn un Addern un Slangen un Hunnen un Katten un wat dar sünst noch all för Tieren west sünd. Un he warrt dar bang vör. Do seggt de Meerfru to em, he schall man nich bang wesen: doon doot se em nix. He schall dar man driest mang gahn – dat sünd de twölf Prinzessinnen, seggt se – un schall sik dar een mang utsöken.

He treckt sik dar ja mang, un do kümmt dar so en ool lütt Katt bi em antomauen, de sünd de Haar op een

Siet verbrennt. Do weet he ja Besched. Un do strakelt he de lütt Katt över un seggt: „De will ik hebben." Do sünd dat all wedder Minschen, un do schall he de, de he sik utsöcht hett – dat is graad de smuckst west mang all tosamen – de schall he do ja to Fru hebben.

Nu is de Meerfru aver afgünstig west – se hett em de Prinzessin nich günnt – un will em bi de Siet bringen. Un do seggt se to em, den annern Morgen schall he hengahn na ehr Swester – de hett dar nich wiet vun af wahnt – un schall sik dar dat Hochtietstüüch herhalen. Ehr Swester hett Bescheed weten, de hett em üm't Leven bringen schullt, wenn he dar keem.

Plattdeutsch – *Hochdeutsch*
dusend noog – *gerade so*

As he nu in't Bett liggt den Avend, do kickt dar een in't Finster – dat is sien Bruut west, de Prinzessin – de fraagt em, wat de Oolsch to em seggt hett. Ja, seggt he, he schall den annern Morgen hen na ehr Swester, dar schall he sik dat Hochtietstüüch herhalen. „Dat heff ik mi dusend noog dacht", seggt de Prinzessin, „dat se di darhen kriggt. Se will di an de Siet bringen. Aver wenn du mi nich verraden wullt, denn will ik di helpen." – Ne, verraden will he ehr nich. – „Ja", seggt se, „wenn du dar kümmst bi ehr Swester, un se sett di wat Eten vör, denn musst du dar jo un jo nix vun nehmen. Se will di vergiften." – „Ne", seggt he, dat will he denn ok nich.

Annern Morgen geiht he denn ja hen, na de Meerfru ehr Swester, un seggt to ehr, he schall sik dat Hochtietstüüch afhalen. – Ja, seggt se, se will em dat naher glieks inpacken. He schall sik man so lang dalsetten: Se will em eerst en beten Eten rinhalen. – Ne, seggt he, eten will he gar nich eerst wat, he is gar nich hungerig. – Ja, seggt se, eten mutt he wat. Un darmit geiht se rut na Köök. In een Ogenblick kümmt se ok al wedder rin mit dat Eten un sett em dat vör. „So", seggt se, „nu eet man to." Un darmit geiht se wedder rut na Köök.

Plattdeutsch – *Hochdeutsch*
Röhr – *in den Kachelofen eingebautes Loch zum Warmhalten des Essens*

Do kümmt he gau bi un stickt dat Eten in't Röhr. Na en Tietlang kümmt se wedder rin, un do seggt se: „Menschenhaupt, wo bist du?" Do seggt dat Eten: „Ich bin im Röhr." Do kriggt se dat ut Röhr herut un sett em dat wedder vör. Eten *mutt* he wat, seggt se. Un darmit geiht se wedder rut. Do kümmt he bi un stickt dat Eten to Föten in't Bett.

In een Ogenblick kümmt se wedder rin un seggt: „Menschenhaupt, wo bist du?" Do seggt dat Eten: „Ich stekke im Bett." Do kriggt se dat Eten ut dat Bett herut un sett em dat noch mal wedder vör. Eten mutt un mutt he wat, seggt se. Un darmit geiht se wedder rut.

Do denkt he: „Wat stellst dar eenmal mit op?" He kümmt bi un stickt sik dat Eten in den Bossen. Do kümmt se ok al wedder rin un seggt: „Menschenhaupt, wo bist du?" Do seggt dat Eten: „Ich stecke im Busen." – „O", denkt se, „wenn dat man eerst in den Bossen is, denn kümmt dat ok woll wieder." Un do seggt se: „Süh, dat is ja schöön, dat du dat opeten hest. Denn will ik di dat Hochtietstüüch nu ok inpacken.“ Se packt em dat Hochtietstüüch in en Schachtel, un he geiht dar ja mit los.

As he bi de Meerfru ankümmt, do kann de sik ja nich noog wunnern, dat he wedder dar is. „Na“, seggt se, „hett mien Swester di gar nix to eten vörsett?“ – „Ja“, seggt he. – „Hest du dat denn nich opeten?“, seggt se. – „Ja“, seggt he, opeten hett he dat. – „Ja, denn mutt di een holpen hebben“, seggt se. – „Ne“, seggt he, „holpen hett mi nüms.“

Plattdeutsch – *Hochdeutsch*
töven – *warten*

Nu warrt de Hochtiet denn ja, un he kriggt de Prinzessin to Fru. As de Hochtiet vörbi is, do will he ja hen to Huus reisen mit sien Fru na sien Olen. Do bringt de Meerfru ehr ut de See herut. Un do reist se ja af tosamen.

As se nich wiet mehr vun't Slott af sünd, do seggt de Prinz, he will eerst mal alleen hen. Se schall dar man en Ogenblick töven; he kümmt glieks wedder trüch un haalt ehr af. Ja, seggt se, denn schall he aver nix eten bi sien Olen; sünst vergitt he ganz, dat he en Fru hett, un kümmt gar nich wedder trüch. Ne, seggt he, eten will he dar ok nix.

He itt aver doch wat – en Peperkoorn hett he nahmen –, un do hett he mit eenmal allens vergeten. He weet nich mehr, dat he so lang in de See west is, he weet nich mehr, dat he en Fru hett un dat sien Fru op em luurn deit, he hett rein allens vergeten. Un do blifft he dar ja bi sien Olen, as wenn he sien Daag nich weg west is.

Sien Fru, as he gar nich wedderkümmt, de denkt sik dat ja al, dat he doch woll wat eten hett bi sien Olen un dat he ehr vergeten hett. Un do geiht se ok na't Slott un vermeedt sik dar as Mamsell. Dar hett de Prinz aver nix vun af weten; he hett ehr ok gar nich mehr kennt.

Nu is he dar woll en Halfjahrstiet west bi sien Olen, do seggt sien Vadder – de is ok al aarig to Jahren west – de seggt to em, he schall sik doch en Fru nehmen. He hett keen Lust mehr to regeern, seggt he, denn kann *he* ja König warrn. „Ja", seggt de Prinz.

Nu kriggt sien Vadder em en Bruut to Hand, un do warrt ja en Dag ansett, wo de Hochtiet warrn schall. As dat nu so wiet to is, un de Hochtiet is in Gang, do is de Prinzessin – wat den Prinzen sien Fru west is – de is ok ja mit op de Hochtiet. De is ja Mamsell west un hett mit opwahren müsst.

Nu hett se twee Duven hatt – dat een is en Duuv west un dat anner en Düffer – de hett se dar flegen laten in den Saal. Un wenn se wat Eten rindriggt, denn nimmt se ümmer en paar Köörn Weten mit rin un streut ehr Duven dat in den Saal hen. Un denn hackt de ool Düffer de Duuv dat ümmer weg. Do seggt de Lüüd, „dat is ja en asigen Düffer, dat he sien Duuv ümmer dat Koorn wegroovt." – Ja, seggt se, so as de Düffer dat bi sien Duuv maakt, graad so hett de Prinz dat bi *ehr* maakt. De hett ehr ok bedragen.

Dat höört de König. „*Wat* is dat?", seggt he. „De Prinz hett di bedragen? Wat wullt du darmit seggen?" Do düüdt se em dat ut, dat se sien Söhn sien Fru is, un dat he ehr verlaten hett un hett sik en anner nahmen. Do kriggt de Prinz sien Verstand wedder. Un do fallt em dat mit eenmal in, dat he ja al en Fru hett. Un do kennt he ehr ok wedder.

Do hett he mit de Prinzessin noch mal wedder Hochtiet geven – mit de anner is dat wedder trüchgahn –, un do hebbt se glücklich un vergnöögt tosamen leevt. Un wenn se nich dootbleven sünd, denn leevt se noch.

Ruuchklaas

Dar is mal en Fru west, de hett dree Döchter hatt, twee recht Döchter un en Steefdochter. Ehr Mann is al doot west. De Steefdochter is smuck west. De annern beiden, wat ehr egen Döchter west sünd, de sünd hässlich west. Aver de hebbt den ganzen Dag in de Stuuv sitten kunnt un hebbt ümmer fein in Tüüch gahn. Un denn is de Oolsch ümmer mit ehr to Ball föhrt, na so'n feinen Ball, wo de König ok ümmer mit west is. Se hett dacht, dar schull sik en Herrn rangeven, aver dat hett ja ümmer nich wullt.

Plattdeutsch – *Hochdeutsch*
rümmerasen – *herumhantieren*
wieldes – *in der Zwischenzeit*

De Steefdochter hett ümmer in de Kööк sitten müsst un hett ümmer so rümkleien müsst und rümmerasen. Un de annern hebbt ümmer mit ehr rümstött, un allens, wat se ehr to en Spektakel hebbt andoon kunnt, dat hebbt se daan.

Nu hebbt se ok mal wedder to Ball wullt, do kümmt de Oolsch bi un gütt ehr en Spint Arfen mang de Asch. De schall se utsammeln wieldes, dat se doch en beten Handgever hett, seggt de Oolsch.

As se nu weg sünd, de dree, do sett de Deern sik hen un weent. Do kümmt dar en olen Mann bi ehr an in de Kööк, de hett so en lütten witten Stock in de Hand. De fraagt ehr, worüm as se wenen deit. Ja, seggt se, ehr

Mudder is mit ehr beiden Döchter hen to Ball föhrt. Un nu hett se ehr en Spint Arfen mang de Asch gaten, de schall se wieldes utsammeln. Un dat kann se ja nich. – „Harrst ok woll Lust hen?", fraagt he.

„Ja", seggt se, „wenn ik ok Lust harr, dar kann ik ja doch nich henkamen. Dar heff ik ja nix to an." – „Ja", seggt he, „wenn du dar Lust hen hest, denn nimm den lütten witten Stock man ..." – „Ja", seggt se, „wo warrt dat denn aver mit mien Arfen? Denn krieg ik de ja gar nich utsammelt."

„O", seggt he, „dar sorg man nich för; dar schall woll Raat to warrn. Aver du musst ja so tiedig wedderkamen", seggt he, „dat du ehrer kümmst as de annern. – Un nu gah man hen na de Heid, dar staht dree Bööm. Un denn kloppst du an den eersten Boom, dar sünd dree Kleder in, en as Sülver un en as Gold un en as en rugen Pelz. Dat Kleed as Sülver treckst du an. Un denn kloppst du an den annern Boom, dar kümmt de Wagen herut un de Kutscher. Un denn an den drüdden Boom, dar kaamt de Peer herut, de sünd opseelt un allens. Un denn so, wenn du wegföhrst, denn seggst du:

Vör mi hell un achter mi dunkel,
dat keen Minsch süht, wo ik hen funkel!"

Nu geiht se ja hen na de Heid un maakt dat allens so, as de ool Mann to ehr seggt hett. Ut den eersten Boom, dar kriggt se sik dat Kleed herut as Sülver, dat treckt se an. Un ut den tweten, dar kümmt de Wagen herut un de Kutscher. Un ut den drüdden Boom, dar kaamt de Peer herut. Un do sett se sik in den Wagen un seggt:

„Vör mi hell un achter mi dunkel,
dat keen Minsch süht, wo ik hen funkel!"

Un do suust dat Fahrwark mit ehr af.

Plattdeutsch – *Hochdeutsch*
affunnen – *abgemeldet, unwichtig*

As se dar nu kamen deit op den Ball, do sünd de annern all affunnen. Do wüllt se all mit *ehr* danzen un holen. Toletzt hett de König ehr in de Hannen kregen, un de hett ehr gar nich wedder fahren laten.

As dat nu so wiet is, dat dat bald vörbi is, – do se herut ut den Saal un denn to Wagen. Un do seggt se:

„Vör mi hell un achter mi dunkel,
dat keen Minsch süht, wo ik hen funkel!"

Un weg is se. Un as de König buten kümmt – de is ehr nakamen –, do is se ja narms to höörn un to sehn, un keen Minsch weet, wo se afbleven is.

Nu bringt se dat ja allens wedder hen na de Bööm un treckt ehr olen Plünnen wedder an, un do nimmt se den lütten witten Stock un geiht hen to Huus.

Do sünd all de Arfen mang de Asch ut. „Na", seggt de ool Mann, „hett di dat goot gefullen?" – „Ja", seggt se, „goot gefallen hett mi dat." Un darmit gifft se em sien Stock wedder, un he geiht weg.

As he even weg is, do kaamt de annern dree to Huus. Do will de Oolsch ehr ja recht utschellen, dat se so fuul west is un hett de Arfen nich utsammelt. Aver do is dat ja allens liekut, un se kann ehr ja nix seggen.

Do fraagt de Steefdochter ehr beiden Swestern, wo ehr dat gefullen hett op den Ball. – „O“, seggt se, „eerst ganz goot. Aver naher keem dar een, de wullen se all hebben.“ – „Wat weer dat denn för een?“ fraagt se. – „Ja, dat weet wi nich“, seggt se, „wi hebbt ehr ok nich kennt.“

Plattdeutsch – *Hochdeutsch*
liekut – *geradeaus, rechtens*

As dat en Tietlang her is, do warrt dar noch mal wedder Ball. Do gütt de Oolsch ehr en Spint Weten mang de Asch. As se weg sünd, do geiht de Deern wedder hensitten un weent. To den Weten, dar weet se gar keen Anslag.

Do kümmt de ool Mann dar wedder bi ehr an mit sien lütten, witten Stock. „Na“, seggt he, „du sittst hier ja wedder un weenst?“ – „Ja“, seggt se, „se sünd wedder hen to Ball, un nu hett mien Mudder mi en Spint Weten mang de Asch gaten, den schall ik utsammeln.“ – „Na, un dat kannst nich?“ – „Ne“, seggt se. – „Ja“, seggt he, „harrst ok woll Lust wedder hen?“ – „Ja“, seggt se, „wo kümmt mien Weet denn man mang de Asch ut?“ – „O“, seggt he, „dar quääl di man nich üm, dar will *ik* woll för sorgen. Maak dat man graad wedder so as dat vörig Mal, un denn föhr man wedder hen.“

Na, se geiht ja wedder hen na de Bööm un treckt dat Kleed wedder an as Sülver. Un do föhrt se ja wedder hen.

As se op den Saal kümmt, do geiht de Spektakel ja wedder los. Do wüllt se all mit ehr danzen, un de annern sünd all affunnen. Toletzt hett de König ehr wedder kregen, un de hett ehr gar nich wedder ut de Hannen laten.

Plattdeutsch – *Hochdeutsch*
staven un flagen – *gestoben und geflogen, hier: abgesaust*

As dat op de Tiet is, dat dat bald vörbi is, do will se ja wedder weg. He will ehr aver kortut nich weglaten; se schall dar so lang blieven, bet dat ut is. Dat kann se aver ja nich. Un do löppt se em mit eenmal weg, un do herut ut den Saal, un denn to Wagen. Un do seggt se gau:

„Vör mi hell un achter mi dunkel,
dat keen Minsch süht, wo ik hen funkel!"

Un weg is se. Un de König – de is ehr wedder nalopen –, as de buten kümmt, de weet ja gar nich, wo se staven un flagen is.

As se to Huus kümmt, do is dat ja allens wedder to Schick. Do is de Weet dar ja all mang ut. – „Na", seggt de ool Mann, „hett di dat goot gefullen?" – „Ja", seggt se, „goot gefullen hett mi dat."

„Ja", seggt he, „denn mutt ik di den lütten Stock ja man rein laten. Un denn gah morgen man hen na den König un vermeed di dar as Kökenjung. Aver eerst musst du hengahn na de Bööm un musst den rugen Pelz antrecken. Un wenn dar denn mal wedder Ball warrt, denn sühst du to, dat du wedder henkümmst. Un denn treckst du dat Kleed an as Goldglanz."

Darmit geiht de ool Mann weg. As he even weg is, do kaamt de annern dree to Huus. De sünd ja wedder splidderndull – de König hett ehr ja gar nich ankeken – un de Oolsch is so giftig, de freit sik dar al recht to, wo se ehr Steefdochter utasen will. Aver se kann ja gar nich ankamen to schellen. Dar is ja keen Koorn mehr in de Asch to finnen.

Plattdeutsch – *Hochdeutsch*
splidderndull – *wütend*
utasen – *ausschimpfen*

Annern Morgen seggt se to ehr Mudder, se will denen. „*Du* wullt denen?", seggt de Oolsch. „Wat wullt du denen? So en ool Aschenpüüstersch, as *du* büst, de nimmt ja nüms." – „Ja, dat laat", seggt se, se will doch denen. – „Na, denn gah los", seggt de Oolsch.

Darmit geiht se ja weg, de Deern. Den lütten witten Stock nimmt se mit.

Nu geiht se ja eerst hen na de Bööm un treckt den rugen Pelz an. De hett ehr bet baven över den Kopp gahn. Blots de Ogen un de Nees un de Mund, de sünd freebleven; dat anner is allens ruuch west. Un do geiht se hen na dat Slott un will sik dar vermeden. Dar lacht se all över ehr: wat se denn warrn will. – „Kökenjung", seggt se. – „Ne", seggt se, so en olen Ruuchklaas köönt se nich bruken. Do kümmt de König dar över to. Un den maakt dat so veel Spaaß, un do meed se ehr doch toletzt as Kökenjung.

As se dar en Tietlang west is, do schall dar mal wedder Ball warrn. Do seggt se to de Huusholersch, wat se dar ok man en beten hen schall, to Tokieken; se will so geern mal sehn, wat de König vör en Daam hett. – „Och, wat wullt *du* dar, Ruuchklaas?“, seggt de Huusholersch. „Wat schull de König seggen, wenn de di dar wahr warrt? Denn krieg ik ja so veel Utschell.“

Plattdeutsch – *Hochdeutsch*
heel – *ganz, sehr*

Se lett aver nich af, de Deern, un biddt ehr so veel, se schall ehr doch henlaten: Se will ehr dat ok allens vertellen. Do seggt de Huusholersch toletzt ja. „Du musst aver ja so tiedig wedderkamen“, seggt se, „dat du ehrer kümmst as de König.“ – Ja, dat will se ok woll.

Nu geiht se ja eerst hen na de Bööm un treckt dat Kleed an as Goldglanz. Un do föhrt se ja wedder hen.

Disse Tour is dat nu heel dull west. De König is rein ut de Tüüt west, un den ganzen Avend hett he mit keen anner danzt as mit ehr. Un toletzt hett he ehr en gollen Ring schenkt.

As dat nu so wat ut is, do warrt dat ja hoge Tiet, dat se wegkümmt. Aver de König höllt ehr fast: Se schall dar kortut noch blieven. Se ritt sik aver doch los toletzt, un do herut ut den Saal. Un do springt se to Wagen un seggt gau:

„Vör mi hell un achter mi dunkel,
dat keen Minsch süht, wo ik hen funkel!“

Un weg is se. Un de König – de is ehr ja wedder nalopen un will ehr faat kriegen –, as de buten kümmt, do is se ja över all de Bargen.

Nu is se dar aver ja so *lang* bleven, un do hett se gar nich mal so lang Tiet, dat se dat Kleed eerst uttrecken kann bi de Bööm. Do smitt se den rugen Pelz dar so över un maakt, dat se to Huus kümmt.

Plattdeutsch – *Hochdeutsch*
föddern – *auffordern*

As se in de Köök kümmt, do is de Huusholersch bi un maakt den König sien Eten trecht. Do springt se ümmer bi de Huusholersch rüm un will ehr helpen. „Bliev doch trüch, Ruuchklaas", seggt de Huusholersch, „dat dar nix an dat Eten kümmt vun dien rugen Pelz." Se springt un fingereert dar aver doch so lang bi rüm, dat se den Ring na de Kumm rinsmitt. Un do kümmt de Ring ja mit rin na den König.

As de König bi to eten is, da findt he den Ring ja in de Kumm. Do lett he de Huusholersch föddern: Se schall mal rinkamen. De Huusholersch fangt an to wenen. „Süh so, Ruuchklaas", seggt se, „nu hest du wat Schööns maakt. Dar is am Enn vun dien Pelz wat an dat Eten kamen."

Darmit geiht se ja rin. Do fraagt de König ehr, worüm as se wenen deit. „Ja", seggt se, „Ruuchklaas is dar mit bi west, un nu is dar am Enn vun sien Pelz wat an dat Eten kamen."

„Is Ruuchklaas dar mit bi west?“, fraagt de König. – „Ja“, seggt se, „he sprüng ümmer bi mi rüm. Ik heff em ümmerlos stüürt, he schull dat nich, aver he keem ümmer wedder.“ – „Ja“, seggt de König, „denn segg man to Ruuchklaas, he schall mal rinkamen.“

Plattdeutsch – *Hochdeutsch*
awwas – *zurück*
Metz – *Messer*

„Süh so, Ruuchklaas“, seggt de Huusholersch, „nu nimm di man in acht: Du schasst na den König kamen.“ – Ruuchklaas, de lacht un geiht ja rin. „Na“, seggt de König, „kann de ruuch Pelz gar nich ut?” – „Ne“, seggt se. – Do langt he na ehr, aver se springt awwas, dat he ehr nich recken kann.

Do nimmt he so en lütt fien Metz, un dar haakt he ehr mit in den rugen Pelz un snitt dar so'n lang Lock in. Un do glänstert dat Kleed dar ja hendörch, dörch dat Lock. – „Süh so“, seggt de König, „nu treck man af. Nu heff ik dat ja doch al sehn.“ – Do mutt de Pelz ja ut, un do is sien Daam dat.

Do hett de König ehr to Fru namen, un do is se Königin worrn. Dat is bi de Ruuchklaasschop herutkamen.

De gollen Vagel

Dar is mal en Buur west, de hett en Appelboom hatt in den Gaarn, den hett jeden Harvst dree Appeln dragen, dree goldgeel Appeln. Un de warrt em Jahr för Jahr stahlen.

Plattdeutsch – *Hochdeutsch*
eendoont – *egal, gleichgültig*

Nu hett he dree Jungs hatt, de Buur. Do seggt de öllst, he will dar mal bi opsitten de Nacht. He nimmt sien Gewehr, sett sik ünner den Appelboom hen un slöppt to, – und slöppt bet an'n annern Morgen. As he opwaken deit, is dar een Appel weg. He geiht ja hen to Huus. „Na, mien Söhn", seggt de Ool, „wo is't worrn? Hest wat drapen?" – „Ne, Vadder", seggt he, „drapen heff ik nix. De Appel is aver ok wedder weg."

Do seggt de tweet, denn will he dar mal bi waken. – Den geiht dat graad evenso.

Do seggt de jüngst – den hebbt se ümmer so en beten ünnernäsig holen –: „Ja, Vadder", seggt he, „övernacht will ik dar mal hen un will oppassen." – „Och, Jung, wat wullt *du* dar?", seggt de Ool, „dien Bröder hebbt nix drapen, denn dröppst *du* eerst recht nix." – „Ja, dat is eendoont, Vadder", seggt he, „ik will dar doch mal op af."

He nimmt sien Flint mit, un denn hett he so en ool Lee, dar meiht un haakt he so'n beten mit rüm in den Gaarn. Dat duurt woll bet Klock hen to twölf, do kümmt dar so en groten, hübschen Vagel anflegen, na den Appelboom herin. He kriggt sien Gewehr her un schütt to un schütt den Vagel en Fedder af. He is aver liekers mit den Appel weg, de Vagel.

Plattdeutsch – *Hochdeutsch*
Lee – *Sense*

„Na", seggt de Ool, as he to Huus kümmt naher, „na, mien Söhn, wo is't worrn?" – „Ja, Vadder", seggt he, „ik heff ok nix faatkregen." – „Ja", seggt de Ool, „dat heff ik di ja seggt." – „Ja, Vadder", seggt he, „dar keem so'n groten Vagel anflegen, den heff ik en Fedder afschaten. Un dat is en ganz gollen Fedder."

Se bekiekt un bewunnert dat Ding ja all tosamen, wat dat för en Vagel mag wesen, – wo de henhöörn kann. „Ja, dat is nu eenerlei", seggt de Ool, „de mi de Vagel bringt, de schall de Steed hebben un schall Buur warrn."

Na, nu maakt de beiden öllsten sik reisferdig und wüllt ja los, un Hans, de will ok ja mit. De Ool, de will em ja nich trecken laten. „Och, Jung", seggt he, „wat wullt du in de Frömm?" Dat helpt aver ja nich, he lett keen Freden. Un do kriegt se em en beten to leven in en Büdel, un do reist he ok ja los.

As he en Tietlang reist hett – sien Broot un Kees warrt al knapp un dröög –, do kümmt he bi en Waterkuul, dar will he en beten eten. He sett sik ja dal, kriggt sien

Kraam herut un fangt darbi an. Mitdessen kümmt dar en Voss bi em an. „Süh, goden Dag, Broder Hans“, seggt de Voss. – „Goden Dag, Broder Voss“, seggt Hans. – „Ah, Hans, wees so goot“, seggt de Voss, „un giff mi en beten af.“ – „Ja“, seggt he, „dat magst du man nich, wat ik heff. Ik heff hier blots en beten Broot un Kees, un dat is al so hart un dröög.“ – „O“, seggt he, „giff mi man en beten af. Du kannst ja hen to Dörp gahn un halen di wat wedder. Ik dörv dar ja nich kamen. Achter mi kaamt de Jungs un de Hunnen ja achter.“

Na, nu eet un drinkt se ja. Un as se dat op hebbt, do seggt de Voss: „Süh so, Hans“, seggt he, „nu sett di man op mi. Hier kemen eerst en paar junge Herren vörbi, de heff ik ok beden, aver de kemen mit de Pietsch achter mi. De schüllt nix jagen, de beiden. Wat du wullt, dat weet ik“, seggt he, „nu hool di man wiss.“

He ja mit em los, de Voss, över Knick und Tuun. Toletzt kaamt se vör so'n Slott.

„Süh so“, seggt de Voss, „nu stieg man af. Un denn geihst du dar herop. De Lüüd, de slaapt all. De Vagel, de hangt dar un dar, de is in dat Buur. Röög mi aver wieder nix an un kiek di nich üm. Röögst du mi wat an, denn kann ik di nich helpen.“

Na, Hans ja herop na't Slott un findt den Vagel ok. Aver dat Buur, wo he in is, dat is nich hübsch. Dar hangt een bi, dat is en gollen, dat mag he heel veel lever lieden. He kriggt sik dat her un will den Vagel dar inkriegen.

Mitdessen waakt de Lüüd aver op, kriegt em faat und slaat em den Puckel bruun un blau. – Na, he biddt ja, un se laat em ja wedder los. „Ja“, seggt se, „dar un dar, op dat un dat Slott, dar sünd veer gele Hingsten. Wenn du uns de halen kannst, denn schasst du den Vagel hebben, mit dat gollen Buur.“

He seggt ja allens to, dat he man blots vun dat Slott eerst wedder rafkümmt.

As he bi den Voss kümmt: „Na, Broder Hans“, seggt de Voss, „heff ik di dat nich seggt, du schusst mi nix anrögen? Nu kann ik di nich helpen.“ – „O, Broder Voss“, seggt he, „ditmal musst mi noch wedder ut de Kniep helpen.“ – „Na, denn sett di man wedder op“, seggt de Voss.

Do de Voss ja wedder mit em los, över Knick un Tuun, hen na dat anner verwünschte Slott, wo de veer gelen Hingsten staht. „Süh so“, seggt he, „nu geihst du dar rin na de Stall, dar staht se. Dat Saddeltüüch hangt dar achter. Dat leggst du ehr op un kickst nich links oder rechts. Dar hangt noch mehr Selengeschirr, dat is heel veel hübscher. Lettst dat aver ruhig hangen un nimmst dat, wat achter ehr hangt; leggst ehr dat op un riddst los.“

He herop na den Hoff, un findt dat ok allens so, as de Voss em seggt hett. Mit dat Saddeltüüch is dat aver gar nich na sien Mütz. Dar hangt wat, dat is heel veel beter. He kriggt dat her un leggt ehr dat op. Aver as he darbi togang is, do waakt de Lüüd op, kaamt ut'n Slaap un kriegt em her un maakt em den Puckel bruun un blau.

He biddt ja. „Ja“, seggt se to em, dar un dar, in dat un dat Slott, dar is den König sien Dochter, de is verwünscht. Wenn he de erlösen kann, denn schall he de veer Hingsten hebben, mit dat Selentüüch.

He seggt ja allens to, dat he man blots eerst wedder herafkümmt vun den Hoff.

As he bi den Voss kümmt: „Na, Broder Hans“, seggt he, „heff ik di dat nich seggt, du schusst nix anrögen? Nu kann ik di nich mehr helpen. Nu is dat ut.“

Plattdeutsch – *Hochdeutsch*
verweiht – *verweht, hier: dann hast du verspielt*

He biddt aver so veel, he schall em ditmal man noch wedder helpen. He will de Prinzessin ja so geern hebben. „Na, denn sett di man wedder op mi“, seggt de Voss.

He sleit een Schinken ja wedder över, un do geiht dat Hulen ja wedder los, hen na dat anner Slott, wo de Prinzessin is.

„Süh so“, seggt de Voss, „nu geihst du dar herop. In de un de Stuuv, dar is se. Un denn hest du hier en Glas, dar giffst du ehr vun to drinken. Röög mi aver nix an. Will se wat mitnehmen, so is dat goot. Aver du ünnersteihst di nich un röögst mi wat an. Röögst du mi wedder wat an, denn büst du verweiht.

Na, he ja wedder rop na dat Slott. Un dröppt dat ok allens so mit de Prinzessin, as de Voss em seggt hett. He geiht herin – se is so fründlich un so vergnöögt – un gifft ehr wat vun dat Glas in. – „Süh so", seggt se, „nu sett di man enen Ogenblick dal. Röög mi aver nix an." Se söcht ehr Sövensaken, wat se mit hebben will, to Dutt un hett ümmer noog mit em to kriegen: He will ehr dar ja ümmer mang un will ok wat hebben. „Süh so", seggt se, „nu maak man, dat wi eerst vun't Slott heraf kaamt."

Plattdeutsch – *Hochdeutsch*
lastig – *beschwerlich, hier: sehr, besonders*

As se even heraf sünd, even över de Togbrüch, do flüggt de ganze Brüch in de Luft. „Süh so", seggt de Voss, „even to rechter Tiet! Nu sett ju man op mi." Se sett sik ja beid op em, un do geiht dat Rieden ja wedder los, hen na dat anner Slott, na de Hingsten.

As se dar kaamt: „Süh so", seggt de Voss, „nu leverst du dien Prinzessin af, un denn warrt se di de Hingsten woll övergeven." – „Ja", seggt Hans, „ik wull doch so geern de Prinzessin beholen." – „Dat heff ik mi dusendmal dacht", seggt de Voss, „du büst nich mit wat tofreden." – „O, Broder Voss", seggt he, „help mi man, de wull ik doch so lastig geern hebben." – „Na ja", seggt de Voss, „wenn se di de Hingsten nu rutbringt, denn settst du di op een, un de Prinzessin sett sik op en annern. Un de annern beiden Hingsten hebbt ji denn ja bibunnen. Un denn biddst du ehr dar op de Hoff – du hest ehr ja erlööst, de Prinzessin –, wat du dat Vergnögen nich mal hebben kannst un rieden mal üm dat Rondeel mit ehr.

„Ja", seggt se, dat kann he geern doon. He ridd dar en Male dree herüm, un se purrt al ümmer an, de Prinzessin, he schall maken, dat se vun den Hoff herafkaamt. Nu blitzt un blänkert dat ja allens, un dat gefallt ehr ja so, de dar op de Hoff, un do seggt se, he schall man noch mehrmal herüm rieden.

As se nu aver wedder gegen den Weg kaamt, na de Brüch hendal, do grippt de Prinzessin sien Hingst in'n Tögel, dat se den Swung dar hendal kriegt. Un as se even över de Brüch sünd – se sünd ja achter ehr her, de annern –, do flüggt de Brüch in de Luft.

„Süh so", seggt de Voss, „nu kaamt mi man na." – Do he ja wedder los, över Knick un Tuun, un se mit ehr Hingsten achter em an, hen na dat anner Slott, na den gollen Vagel.

„Süh so", seggt de Voss, „nu geihst du dar herop un leverst dien veer Hingsten af. Denn warrt se di den Vagel woll övergeven, mit dat gollen Buur."

Na, se riedt dar ja herop na den Hoff, he un de Prinzessin. Un as se dar kaamt, do is he ja so vergnöögt, de König, dat he de Hingsten hett, un haalt em den Vagel mit dat gollen Buur herut. Do biddt he den König, wat he man noch en paarmal üm't Rondeel rieden schall mit de Hingsten un den Vagel un de Prinzessin.

Ja, dat kann he ja geern doon; dat verlöövt he em. De olen Hingsten sünd ja so in de Reeg un so blank, dat bringt ja Spaaß. As se dat drütt Mal herüm riedt, do grippt se em wedder in den Tögel, un denn vun den Hoff heraf. Un as se even över de Brüch sünd, flüggt de Brüch in de Luft.

„Süh so“, seggt de Prinzessin, „nu laat uns man maken, dat wi eerst wieder weg kaamt. Se kaamt uns gewiss noch na.“ – „Na“, seggt de Voss, „denn will ik ju hier man adjüüs seggen. Aver noch en Deel, Broder Hans. Seh di vör ünnerwegens, dat du nich toveel afkümmst, anners nich, as wenn dat nödig deit. Maakt man, dat ji hen to Huus kaamt.“ – „Jawoll“, Hans seggt ja allens to. Un do bedankt he sik noch bi den Voss, dat he em ümmer so tru holpen hett, un do riedt se wieder.

Nu hebbt se al en Tietlang reist, do wüllt se sik mal lagern. Se wüllt eten un drinken, un dat Veh mutt ok ja wat hebben. As se darbi togang sünd, do kaamt sien beiden Bröder darher. Un de verfeert sik ja rein vör sien Kraam, wat he dar allens hett. Se günnt em dat ja nich.

Se eet un drinkt ok ja mit. Un as se eten un drunken hebbt, do is dar so’n deep Kuul, dar smiet se Hans herin. Un do bedraut se de Prinzessin, se schall seggen, se hebbt ehr erlööst. Do smiet se Hans dar noch en beten to leven rin – dat is allens –, un do reist se mit de Prinzessin wieder, hen to Huus.

Na verlopen Tiet kümmt de Voss dar mal wedder bi de Kuul – he hett dar ja woll Geruch von kregen – un geiht so bi de Kuul herüm un kickt dar so verlangs herin.

„O, süh, goden Dag, Broder Hans!", seggt de Voss. – „Ja, goden Dag, Broder Voss", seggt Hans un weent ja. – „Heff ik di dat nich seggt, du schusst nich vun't Peerd herafstiegen?", seggt de Voss. – „Ja", seggt Hans, „ditmal musst mi doch noch wedder ut de Klemm helpen." – „Ja, wo schall ik di nu helpen?", seggt de Voss. „Du büst nerrn, un ik bün baven." – „Ja, musst mi doch helpen", seggt Hans. – „Na ja, denn faat di man an, an mien Steert."

He lett den Steert hendal un reckt em so lang ut, dat Hans dar bi anfaten kann. Aver as de Voss em meist baven hett, do rutscht em de Steert dörch de Hand, un he quukst nerrn wedder na't Lock herin.

Plattdeutsch – *Hochdeutsch*
verlangs – *von weitem*
quuksen – *plumpsen*

„Ja", seggt de Voss, „musst ja fastholen, Hans." – He lett de Steert noch mal wedder dal, noch länger. – „Nu nimm em man üm't Liev", seggt he, „un denn hool em vör tosamen." – Na, Hans nimmt den Steert ja üm't Liev, un de Voss treckt an un treckt Hans dar herut.

„Süh so", seggt de Voss, „nu will ik di wat seggen. De Vagel, de sitt in dat Buur un truurt un fritt un süppt nich. Un de veer Hingsten, dar kann nüms herankamen, de slaat un biet. Un de Prinzessin, de liggt op ehr Stuuv in't Bett. Dar dörv ok nüms bi kamen, anners nich, as dar is een, de ehr so'n beten op de Schöttel rinbringt, en beten Eten. Kaamt de annern bi ehr, denn smitt se ehr allens an den Kopp, wat ehr graad to Hand is. Nu wüllt wi dar henreisen, un denn giffst du di för en engelschen Dokter ut. Un denn maakst du den Kraam allens wedder liekut.“ – „Ja“, seggt Hans. – „Na, denn sett di man op mi.“

Nu bringt de Voss em ja hen na den Olen sien Huus. Un Hans geiht herin un fraagt, wat dar ok wat to doktern is. „Ja“, se hebbt dar en Va-gel, seggt se, de is krank. Wenn he den kureern kann, denn schall he en Barg Geld hebben. – „Ja“, seggt he, „ik mutt aver alleen herin.“ – Ja, dat kann he ok.

Plattdeutsch – *Hochdeutsch*
brammen – *wiehern*

As he dar rinkümmt na den Vagel, *de* warrt so munter – he kennt em ja foorts wedder –, he singt un is vergnöögt. Do röppt he, nu schüllt se man herkamen. Do hebbt se ehren Spaaß dar ja an.

„Ja“, seggt se, nu hebbt se dar de veer Hingsten noch. Wenn he ehr de kureern kann, denn schall he noch mehr hebben. – Ja, he mutt aver alleen herin. – Ja, dat kann he ok.

Na, he geiht dar ja rin, un as se em wies warrt, de Hingsten, do kriescht un brammt se un freit sik. „Höör!“ seggt de buten, „nu hebbt se em al *dal*.“ – Toletzt warrt se wedder ruhig, de Hingsten – he kluckert dar ja mang herüm –, un do röppt he, nu schüllt se man herinkamen. Do künnt de annern ok bi ehr maken, wat se wüllt.

Nu hebbt se dar noch en Prinzessin, seggt se, de is ok krank. Wenn he *de* kureern kann, denn schall he en Tunn Gold hebben. – „Ja, wüllt mal sehn“, seggt he.

He rop na ehr Stuuv. Un as he bi ehr kümmt – se kennt em ja gliek wedder –, do freit se sik, dat he wedder dar is. Se snackt un doot ja eerst, un naher röppt he, nu schüllt se man herinkamen.

Nu kümmt de Ool denn ja rin, un de beiden Jungs ok, un *do* seggt de Prinzessin to den Olen: „*Dit* is de Recht, de mi erlööst hett.“ – Do gifft Hans sik ok kund. Un do seggt se dat ja na, wo de beiden dat maakt hebbt, de beiden Bröder.

Do jaagt de Ool ehr vun Huus un Hoff af. Un Hans kriggt de Prinzessin to Fru.

As de Hochtiet vörbi is, do seggt de Voss to Hans, nu schall he em den Kopp afhauen. „Ne“, seggt Hans, „dat do ik nich, dat kann ik nich.“ – „Ja“, seggt de Voss, „doon musst du dat. Sünst kost di dat dien Leven.“ – „Ja“, seggt Hans, „wenn dat denn gar nich anners wesen kann…“

He kriggt en Sävel her, haut to un haut den Voss den Kopp af. Do is dat en Prinz, de is verwünscht west in den Voss. „Süh so, Hans“, seggt de Prinz, „nu büst du holpen un ik ok.“

Un weg is he, as wenn em de Wind wegweiht hett.

De Jung mit de gollen Haar

Dar is mal eens en Mann west, de hett dree Söhns hatt, de sünd all dree bi en König west. Een is Hoffmaler west un een Hoffbäcker, un de drütt is so as Kock west.

Nu hebbt se in de Tiet, wo se bi den König west sünd, noch en lütten Broder kregen, de hett gollen Haar hatt. Se sünd aver in all de Jahren nich eenmal wedder to Huus west und hebbt ehren lütten Broder noch gar nich kennt. Do maakt se sik af, se wüllt ehr Olen mal besöken, un do wannert se ja een Dag mal tosamen hen.

As se wedder afreisen wüllt, do will de Jung – dat is al so'n dannigen Bengel west – de will so geern mit ehr. Se wüllt em eerst nich recht mithebben, den Jung, aver he biddt ehr so veel, un do nehmt se em doch mit toletzt.

Nu, ünnerwegens, do seggt de een, wat de Kock west is, de seggt to de annern beiden: „Wat wüllt wi den olen Jung mitnehmen? He hett gollen Haar, he kann am Enn höger ankamen as wi. Wi wüllt em bi de Siet bringen." – „Ne", seggt de annern beiden, „dat is ja uns Broder: Doot maken köönt wi em ja doch nich." – „Ja, wat wüllt wi denn mit em?", seggt de Kock. – „O", seggt de annern beiden, „he kann di ja man en beten to Hand gahn as Kökenjung. He kann di ja Holt rindregen na de Köök." – Do nehmt se em ja mit. Un do mutt he in dat Slott ümmer Holt na de Köök bringen, un na de Stuven ok.

Do seggt de Kock to em, wenn he na de Königsdochter ehr Stuuv Holt henbringt, denn schall he sien Huuv opbeholen. De Königsdochter hett dat ja nich sehn schullt, dat he gollen Haar hatt hett.

Nu hett he dar al mehrmal Holt rinbröcht na ehr Stuuv, do fraagt se den Kock mal, wo dat togahn deit, dat sien Broder ümmer sien Huuv opbehöllt. „Ja", seggt de Kock, sien Broder hett so en tweien Kopp.

Plattdeutsch – *Hochdeutsch*
twei – *entzwei, kaputt*

Dat kümmt ehr aver verdächtig vör, un as de Jung mal wedder kümmt mit Holt, do verstickt se sik achter de Gardin un passt op. De Kökenjung, de meent ja, se is dar nich in ehr Stuuv, un geiht *so* herin, ahn Huuv. – Do süht se ja, dat he gollen Haar hett.

Do mutt he ehr ümmerlos Holt henbringen. Un wenn he denn in ehr Stuuv is – sien Huuv mutt he ümmer buten laten –, denn seggt se ümmer to em, he schall doch noch en beten töven un en beten bi ehr blieven.

Nu sünd de annern dar ja bald achter kamen, dat de Königsdochter em so geern lieden mag. Un do sünd se ja afgünstig un vertellt den König dat, dat de Kökenjung ümmer hen na sien Dochter geiht, un dat dat ümmer so lang duurt, bet he wedder rutkümmt ut ehr Stuuv.

Do lett de König sien Dochter vör sik kamen un fraagt ehr, wat dat op sik hett, wat se mit em hett, mit den

Jung. – Do seggt se, se mag em so geern lieden un se will keen annern to Mann hebben as den Kökenjung.

Do warrt de König so böös un lett en Schipp buen, dar kriggt he sien Dochter in un den Kökenjung ok mit. Un do mööt se mit dat Schipp to Water.

As se en aardig Tiet op't Water dreven hebbt, do kaamt se an Land. Un do steiht dar so en ool lütt Huus, dar gaht se rin. Do draapt se dar en ool Fru, de is dar man ganz alleen. Do fraagt se de ool Fru, wat se dar man en Nacht blieven köönt.

Plattdeutsch – *Hochdeutsch*
aardig – *ordentlich, ziemlich*

„Ja", seggt se, för ehretwegen geern. Aver üm Middernacht, denn kaamt dar dree Dwargen; dar mutt se ümmer wat eten för kaken. Wenn de em dar wies warrt, denn gaht se op em dal, as wenn se em doot maken wüllt. Wenn he nich bang is un he will dat utholen, wat se allens mit em opstellen doot, denn köönt se dar geern blieven. Aver he mutt ganz boomstill holen un dörv sik nich wehrn un nich schrien un nix. Doot maken doot se em nich. – „Ja", seggt he, he will woll utholen.

Nu blievt se ja dar. Un as se wat eten hebbt, do bringt de ool Fru ehr na en Stuuv herin, dar staht twee Betten. Un do leggt he sik in dat een Bett, un se leggt sik in dat anner.

As de Klock twölf is, do kaamt se ja an, de dree Dwargen. Un as se em dar in en Bett liggen seht, do gaht se op em dal, as wenn se em doot maken wüllt. Aver he höllt ümmer ganz boomstill un gifft keen Luut vun sik. Un na en Stunns Tiet sünd se mit eenmal wedder verswunnen.

Annern Morgen, do kaakt de ool Fru en beten Salv; dar smeert se em mit in. Do deit em nix mehr weh; do is dat allens wedder beter west.

Do staht se ja op, de beiden, un do is dat lütt Huus to en groot fein Slott worrn. Dat is verwünscht west; dat hett he nu erlööst hatt. Un do sünd se dar in dat Slott bewahnen bleven un hebbt glücklich un vergnöögt tosamen leevt.

Un wenn se nich dootbleven sünd, denn leevt se noch.

De Eddelmann un de Buur

Dar is mal en Eddelmann west, de hett twee Schimmels hatt, un en Buurn is dar west, de hett ok twee Schimmels hatt. Nu hett de Eddelmann so geern all veer Schimmels hebben wullt, un de Buur hett ok so geern all veer hebben wullt. Do maakt se sik af, se wüllt sik wat vertellen, un de denn toeerst seggt: „Dat is Lögen", de hett verspeelt.

Plattdeutsch – *Hochdeutsch*
böörn – *heben, anheben*
Söög - *Sau*
mal eens – *einmal*

Nu geiht dat Vertellen ja los. Toeerst fangt de Eddelmann an. He hett Röven hatt op sien Kamp, seggt he, un dar is een so en groot Rööv mang west, de hebbt söven Mann to Waag böörn müsst. „Oha", seggt de Buur, „*dat* weer aver en Rööv!" – „Nu hebbt se ehr to Huus föhrt", seggt de Eddelmann, „un hebbt ehr aflaadt. Un nu hebbt se en ool Söög hatt, de hett dar ümmer vun freten. Mal eens hebbt se de Söög verloren hatt un hebbt dar ümmerlos na söcht. Do hebbt se ehr toletzt in de Rööv funnen, dar hett se sik so wiet rinfreten hatt un hett dar mit söven Farken in seten." – „Oha", seggt de Buur, „*dat* weer aver en Rööv!"

Darop fangt de Buur ja an to vertellen. Em hett dröömt, seggt he, he weer dootbleven un weer in den Himmel kamen. Do harr dar linker Hand den Eddelmann sien Mudder seten un harr Göös hödd, un rechter Hand harr den Eddelmann sien Vadder seten un harr Swien hödd.

„Dat is Lögen!“, seggt de Eddelmann. „Ja“, seggt de Buur, „Lögen schüllt dat ok sien, all veer Schimmels sünd mien.“

Nu is de Eddelmann ja so falsch west op den Buurn, dat de all veer Schimmels kregen hett, un he luurt darop, wo he em dat mal wedder trüchbetahlen kann. Nu geiht he mal in't Holt op de Jagd, de Eddelmann. Do springt dar en Hasen vör em op, un de Eddelmann schütt achter den Hasen her. De Haas löppt na de Koppel rop, wo de Buur graad bi to harken is, un liek op den Buurn to. Do nimmt de Buur sien Harkensteel un leggt so op den Hasen an, as wenn he em dar mit dootscheten will. Un boz! fallt de Haas vör em hen un is doot.

Plattdeutsch – *Hochdeutsch*
falsch – *böse*
liek – *direkt, gerade*

Do meent de Buur, *he* hett em dootschaten. Un he besüht sien Harkensteel un seggt: „Dat harr ik nich dacht, dat dat dar rut gahn harr!“ Nu warrt de Eddelmann ja böös un seggt to den Buurn, dar mutt he Straaf för hebben, dat he em den Hasen dootschaten hett. Un he schall hen na dat Slott kamen un schall Prügels hebben.

As de Buur nu ringeiht na dat Slott, do kümmt he dörch so en Gang hendörch, wo Specksieden un Wüst hangt. Do kümmt he gau bi un kriggt sik en Sied Speck heraf un stickt sik de op den Puckel ünner den Rock, un do geiht he dar hen, wo he sien Prügels hebben schall. As he nu wedder rutkümmt, do luurt de Eddelmann al op em un freit sik. Un do süht he, dat de Buur so en dicken Puckel hett. Do meent he, dat de Puckel em swullen is vun de Prügels. Un do seggt he: „Na, hest nu noog?" – „Ja", seggt de Buur, „*so* veel heff ik, dat ik un mien Fru un Kinner dar en veer Weken vun leven köönt."

De Eddelmann hett de Prügels meent, un de Buur hett den Speck meent.

Fuuldowat

Dar is mal en Fru west, de hett en Söhn hatt, de is so fuul west. Un sien Mudder hett em nich anners heten as Fuuldowat. Nu mal een Dag, do seggt se to em: „Fuuldowat, gah mal hen un haal mi en beten Water. Ik will di ok en Pannkoken backen." – „Ne", seggt Fuuldowat, „een Pannkoken, dat is nich noog." Wenn se em twee backen will, denn will he ehr wat halen. – Ja, denn will se em ok twee backen, seggt se.

Plattdeutsch – *Hochdeutsch*
Fuuldowat – *eigentlich: Fauler, tu was!*
töven – *warten, bleiben*

Do nimmt Fuuldowat sik en Korf un geiht darmit hen to Water halen. As he sik dat Water nu utfüllt hett, do löppt dat ja dörch weg, dörch den Korf, un do hett he dar so en lütten Fisch in. Do seggt de lütt Fisch to em: „Fuuldowat, laat mi leven; denn schallst di ok en Deel wünschen." – „Ne", seggt Fuuldowat, „een Deel, dat is nich noog." – „Ja", seggt de lütt Fisch, „denn schallst di ok twee Deel wünschen." – „Ne", seggt he, „dat is ok noch nich noog." – „Ja, denn schallst di ok allens wünschen, wat du wullt." – Na, dar is Fuuldowat ja mit tofreden. Un do nimmt he den lütten Fisch un smitt em wedder in't Water.

Nu will he ja mal sehn, wat dat ok woll wahr is, wat he ok woll wünschen kann. Un do wünscht he, wenn he mit den Korf in't Water sleit, dat dat Water dar in töven schall, in den Korf. Un richtig: Dat Water blifft in den Korf bestahn.

Do geiht he mit sien Korf hen to Huus un sett em in de Köök hen. – Do seggt sien Mudder to em: „Fuuldowat, du hest mi ja noch keen Water bröcht.“ – „Ja, Mudder“, seggt he, „dat Water steiht dar in den Korf.“ – „Ach, Jung“, seggt se, „wullt du dien Mudder noch för'n Narren hebben?“ – „Ne, Mudder“, seggt he, „kiek man sülven mal to.“ Se kickt to: Richtig, do steiht dat Water dar in den Korf.

Plattdeutsch – *Hochdeutsch*
verlang – *der Länge nach*
wöltern – *wälzen*
rögen – *bewegen, rühren*
sik verferen – *erschrecken*

Nu hett se ok noch keen Fleesch hatt, sien Mudder. Un do seggt se to em: „Fuuldowat, du kunnst noch mal hen na den Slachter gahn un halen mi en beten Fleesch.“ Na, he geiht ja hen. As he sien Fleesch op den Töller hett, do smitt he sik dar so verlang mit op den Slachterblock hen, un do seggt he: „Nu wull ik, dat de ool Block an to wöltern füng un wölter mi vör mien Mudder ehr Köök.“

Do warrt de ool Block sik rögen un fangt an to wöltern un wöltert mit em los, Straat op, Straat dal. As Fuuldowat bi dat Slott vörbiwöltern kümmt, do kickt den König sien Dochter graad ut dat Finster, un de lacht daröver, dat Fuuldowat dar so wöltern deit. Do seggt he: „Deern, dar lachst noch över? Ik wull, dat du en lütten Jung in't Finster kreegst.“ Do kümmt dar mit eenmal so en lütten

Jung na ehr Finster rinflegen un jüst ehr na'n Schoot herop. Se verfeert sik ja un fangt an to schreen.

Do kickt ehr Vadder in de Döör – he will ja mal sehn, wat dar los is, dat se so schreen deit –, un do warrt he den lütten Jung ja wahr. „Wat is dat för en lütten Jung", fraagt he, „wo kümmt de her?" – „Ja, denk mal an, Vadder", seggt se, „de keem hier even in't Finster flegen, na mien Schoot herop." – „Ja, Deern", seggt de König, „wenn du en lütten Jung hest, denn mööt wi dar ok ja en Vadder to hebben, to den Jung."

Plattdeutsch – *Hochdeutsch*
Gastbott – *Gastmahl*
ümlangsher – *aus der Umgebung*

Do stift de König en groot Gastbott an, dar laadt he all de jungen Prinzen ümlangsher to in. Un do mööt se sik all in en Saal rund stellen. Un de lütt Jung kriggt en Appel in de Hand. Un wo he den Appel henbringen deit, de schall dar Vadder to warrn, to den Jung, un schall de Königsdochter to Fru hebben.

Do geiht Fuuldowat hen un wünscht sik ok mit rin na den Saal. Un do wünscht he, dat de lütt Jung den Appel na *em* henbringen schall. Do bringt de lütt Jung den Appel na Fuuldowat hen. De König will dat aver nich gellen laten – Fuuldowat is ja keen Prinz west –, un do kriegt se em bi'n Slawickel un smiet em ruut.

He wünscht sik aver foorts wedder rin na den Saal, un de lütt Jung bringt den Appel wedder na *em* hen. Do süht de König ja, dat dar nix bi to maken is. Un do warrt

Fuuldowat Vadder to den lütten Jung un kriggt de Königsdochter to Fru.

Nu is den König dat aver ja so ordinär west, dat sien Dochter so en Bengel to Mann kregen hett. Un he kümmt bi un lett en Schipp buen, dar kaamt Fuuldowat un de Königsdochter in, un de ool lütt Jung ok mit. Fuuldowat kümmt in *een* Losement, un de Königsdochter mit ehren lütten Jung in dat anner. De beiden Kamern sünd een an't anner west. Un denn is dar en gläsern Döör twischen west, dat se sik hebbt sehn kunnt. Een to den annern kamen hebbt se aver nich kunnt: De Döör is toslaten west.

Plattdeutsch – *Hochdeutsch*
Losement – *Gemach*

As se nu op dat Water sünd, do hett Fuuldowat ümmer goot to leven, veel beter as de Königsdochter. He hett ja wünschen kunnt. Do fraagt se em: „Fuuldowat, wo geiht dat to, dat du ümmer so en schöön Eten un Drinken hest?" – „Ja, Deern", seggt he, „ik kann wünschen." – „Na, denn hest du dat ok ja woll wünscht", seggt se, „dat ik en lütten Jung kregen heff." – „Ja", seggt he, „dat heff ik." – „Ja, denn wünsch doch mal", seggt se, „dat du hier na mi rinkamen kannst." Do wünscht he sik dar ja rin na ehr.

As he dar nu bi ehr is, do seggt se: „Nu wünsch doch mal, dat du recht smuck utsehn deist, un dat du recht fein in Tüüch geihst." Na, dat hett he do ok ja wünscht. Toletzt seggt se to em: „Nu wünsch doch mal, dat dat Schipp wedder to Land kümmt, dicht bi mien Vadder sien Slott.“ Do wünscht he dat ok ja. Un mit eenmal is dat Schipp an't Land.

Annern Morgen, as de König opkümmt un he kickt ut Finster, do dünkt em: „Süh, dat is ja woll rein dat Schipp, wo dien Dochter op wegkamen is.“ Un he röppt een vun sien Schrievers un seggt, wat he nich sehn kann oder wat he drömen deit, he schall doch mal hengahn un sehn mal to, wat dat Schipp dat is. De Schriever geiht hen: Richtig, do is dat Schipp dat.

He bringt den König Order, un do geiht de König ja sülven hen. As he de Döör apen maakt, do liggt se dar all dree in't Bett, de lütt Jung in de Midd, un Fuuldowat op een Siet, un de Königsdochter op de anner Siet. Do seggt de König: „Deern, wo is he dar rinkamen na di?“ – „Ja, Vadder“, seggt se, „Fuuldowat kann wünschen. Den lütten Jung hett he mi ok towünscht.“ – „Ja“, seggt de König do, „wenn he wünschen kann, denn is dat ja wat anners; wenn he denn ok keen Prinz is.“ Denn hett he dar nix mehr gegen.

Do hett Fuuldowat sik en schöön Slott wünscht, un do hebbt se dar glücklich un vergnöögt tosamen leevt. Un as de König dootbleven is, do is Fuuldowat König worrn.

De Mann ut't Paradies

Dar is mal en Buurfru west, en ool Weetfru, de is so dumm west. Nu kümmt dar mal en Reisen bi ehr an un biddt. Do fraagt se em, wo he herkümmt. „Ja, he kümmt ut Paris“, seggt he. – „Ut't Paradies?“ – „Ja, ut't Paradies.“

Plattdeutsch – *Hochdeutsch*
Reisen – *Reisender, fahrender Geselle*
sachts – *wohl, vielleicht*
heel leeg – *sehr schlecht*
nix üm un an hebben – *nichts anzuziehen haben*
barft – *barfuß*
vun Enn to Wenn – *mit allem, was dazugehört, von Anfang bis Ende*

„Ach“, seggt se, „denn hett He mienen olen Mann dar ok sachts sehn?“ – „Ja, woll, lütt Fru“, seggt he, „dar heff ik noch mit snackt, as ik weggahn dee.“ – „So?“, seggt se. „Na, wo geiht em dat dar denn?“ – „Ach Gott“, seggt he, „dat geiht em dar heel leeg. De ool Mann mutt Swien höden un hett nix mehr üm un an. Sien Schoh, de sünd so twei – he geiht sotoseggen barft in de Stoppeln.“ – „Ach, du leve Gott, ja! – Reist He dar noch wedder hen?“ – „Ja“, seggt he, „ik heff hier blots en beten to doon; naher reis ik dar wedder na to.“ – „Ach, mien good Mann“, seggt se, „denn kunn He ja so goot wesen un nehmen mien olen Mann en beten mit.“ – „Ja, woll, lütt Fru“, seggt he, „dat will ik geern doon.“

Do gifft se em ehren Mann sien Sünndags–Tüüch mit, en ganzen Antog, vun Enn to Wenn, mit Hoot un Steveln, un gifft em föfftig Daler mit, un denn noch en

Swiensschinken vun en veertig Pund, dat he ok wat to leven hett, ehr ool Mann. Un de Keerl geiht dar ja mit af.

Naher – dat warrt ja Middag – do kümmt de Söhn to Huus vun't Plögen. „Ach Gott, mien Söhn", seggt se, „mien best Hans, hier is en west, de hett mi en Gruß bröcht vun dien olen Vadder. Den geiht dat dar so trurig: He mutt Swien höden un hett nix mehr üm un an." – „Mudder", seggt de Söhn, „Se hett den Keerl doch nix mitgeven?" – „Gott ja, mien Söhn", seggt se, „ik heff em Vadder sien sünndaagschen Antog mitgeven un denn en paar Schilling Geld un en beten to leven." – „Klaas", seggt de Söhn, „saddel mi mal gau den Appelschimmel, *den* Keerl will ik na." Na, de Knecht, de saddelt em den Schimmel, un denn he den Keerl ja na.

Plattdeutsch – *Hochdeutsch*
klabautern – *geräuschvoll laufen, galoppieren*

De Reisen, as de dat wahr warrt, dat dar en in vullen Sprüngen achter em an klabautern kümmt, do markt he ja Unraat. He gau dörch den Knick hendörch, un batz na dat hoge Koorn herin. De anner, de bindt sien Schimmel dar an, an en Busch, un denn den Keerl na. De dreiht sik kort op de Hacken herüm in dat Koorn, denn wedder dörch den Knick hendörch, un batz na den Schimmel rop, un denn – hest em nich, denn kriggst em doch – mit den Schimmel weg, as wenn de Düvel achter em is.

Na, de anner, de höört dat Klabautern ja, dat de Keerl mit den Schimmel utrackt, aver *do* is dat ja to laat.

Wedder binnenhalen kann he em ja nich mehr. Do gruvelt he sik ut, wat he seggen will, wenn he bi de Oolsch in't Huus kümmt.

Plattdeutsch – *Hochdeutsch*
utracken – *davonjagen*
binnenhalen – *einholen*

As he bi ehr kamen deit in't Huus: „Na, mien Söhn“, seggt se, „wo is dat worrn?“ – „Ja, Mudder“, seggt he, „ik heff em den Schimmel ok noch mitgeven.“ – „Dar hest du Gotts Lohn an ver-deent, mien Söhn“, seggt de Oolsch, „nu bruukt he ja nich to Foot to gahn, dien ool Vadder, nu kann he sien Swien ja narieden.“

De Spitzboov

Dar is mal en Buur west, de hett en Söhn hatt, de hett in de Frömd wullt un hett en Handwark lehrn wullt. He hett aver nich weten, wat för en Handwark. Dat eerst, hett he seggt, wat he drapen dee, dar güng he bi.

Plattdeutsch – *Hochdeutsch*
anböten – *anzünden*

Nu geiht he ja los. Ünnerwegens kümmt he dörch en Holt. Dar dröppt he en Schoof Spitzboven, de hebbt sik dar Füür anbött un sünd graad bi un braadt sik en Ossen. De Spitzboven roopt em an un fraagt em, woneem as he hen will. – He will sik en Meister söken, seggt he, he will en Handwark lehrn. – Wat he denn keen Lust hett to *ehr* Handwark, seggt se. – Ja, wat se för en Handwark hebbt. – Se sünd Spitzboven, seggt se. – Ja, seggt he, dar hett he woll Lust to, dar will he woll bi.

Nu blifft he ja bi ehr un warrt ok en Spitzboov. Un dat duurt nich *so* lang, do kann he al beter stehlen as de annern. As he dar en Tietlang west is bi de Spitzboven, do will he hen un sien Olen mal besöken. Un do kümmt he ja een Dag to Huus an. „Na, Söhn", seggt de Ool, „wat hest denn för en Handwark lehrt?" – „Ja, Vadder", seggt he, „ik bün en Spitzboov worrn." – „En Spitzboov?", seggt de Ool, „*dat* kann ik nich swiegen, *dat* mutt ik an den Grafen mellen."

Nu geiht he ja hen, de Ool, un seggt den Grafen dat, dat sien Söhn kamen is un is en Spitzboov worrn. – Ja, seggt de Graaf, denn schall he man to sien Söhn seggen, he schall mal to em kamen.

As he dar nu kümmt bi den Grafen: „Na“, seggt de Graaf, „un du büst en Spitzboov worrn?“ – „Ja“, seggt he. – Ja, wat he denn ok ornlich utlehrt hett, seggt de Graaf. – Ja, ornlich utlehrt hett he. – Ja, seggt de Graaf, dat will he doch eerst mal sehn. He schall em sien best Peerd ut den Stall stehlen, wo fief Mann Wach bi staht. Üm jedet Been schall dat Peerd en Reep üm hebben, un bi jedet Reep schall een Keerl bi anfaten, un een schall dar op sitten. Wenn he dat denn stehlen kann, seggt de Graaf, denn will he dat glöven, dat he ornlich utlehrt hett. – „Hm“, seggt de Spitzboov, „wieder man nix as dat! Dat wüllt wi licht kriegen.“

Plattdeutsch – *Hochdeutsch*
Reep – *Tau*

Nu kümmt he an en Avend un treckt sik an as en ganz ool Fru. Un denn nimmt he en Korf över den Arm mit en Buddel Kööm in, un mang den Kööm, dar hett he wat to slapen mang kregen, un do kümmt he dar ja bi de Keerls anslarpen.

„Goden Avend, Lüüd“, seggt he, „na, wat is *hier* denn los?“ – „Ja“, seggt se, „dat Peerd schall stahlen warrn, wo fief Mann Wach bi staht; wat *dat* woll angahn kann.“ – „Ne“, seggt de Oolsch, „dat kann ja nich angahn.“ Do fraagt se ehr, wo *se* denn noch na to will so laat. – Ach, seggt se, ehr Mann is krank, se will na den Dokter.

Aver se is al rein flau worrn, seggt se, se mutt man eerst en Lütten nehmen. Un darmit sett se sik bi ehr dal un kriggt ehr Buddel ut den Korf un beert so, as wenn se drinken deit. Wat se ok en Lütten wüllt, fraagt se. – Ja, seggt se, se schall ehr de Buddel ok man mal henlangen. Do deit se ehr de Buddel ja hen, un do drinkt se dar all ut. Un dat duurt nich so lang, do sünd se all in Slaap. Do nimmt he den, de dor op sitt, op dat Peerd, den nimmt he raf, un do maakt he de Reep los un treckt mit sien Peerd weg.

Plattdeutsch – *Hochdeutsch*
sik beern – *sich gebärden, sich verhalten, so tun*

Annern Morgen kümmt he dar ja mit anrieden bi den Grafen. „Na“, seggt de Graaf, „woneem is de Wach denn?“ – „Ja“, seggt de Spitzboov, „de sünd dar woll noch in den Stall.“ Do gaht se hen, un do hebbt se dar noch all fief legen un slapen.

Ja, seggt de Graaf, denn wüllt se noch een Deel versöken. Wenn he sien Fru den Ring vun den Finger stehlen kann un dat Küssen ünner den Kopp rut, denn schall he sien Dochter to Fru hebben.

Nu kümmt he bi, de Spitzboov, un maakt sik en Strohkeerl. Un as dat düüster is un se sünd all to Bett, do sett he achter dat Finster, wo de Graaf sien Slaapstuuv hett, dar sett he en Ledder an, un dar stiggt he rop un lett den Strohkeerl in dat Finster kieken. De Graaf, de hett sien Gewehr laden un passt op. Un as de Strohkeerl in dat Finster kickt, do meent de Graaf ja, dat de Spitzboov dat is, un schütt to. Un so as he toschütt, lett de anner den Strohkeerl fallen, na dat Kellerlock rin. – „Düvel!“, seggt de Graaf, „nu heff ik em dootschaten, den Keerl. Nu mutt ik ja man hen un em inpurren. Sünst gifft dat ja en bösen Opwand.“ Un darmit geiht he ja rut.

Plattdeutsch – *Hochdeutsch*
inpurren – *eingraben, verscharren*
över't Stüür – *über alle Berge*

Wieldes is de Spitzboov aver een – twee – dree na de anner Siet rümlopen. Un as de Graaf bi den Strohkeerl togang is, kümmt de Spitzboov na de Slaapstuuv rin un seggt to de Gräfin, dat is de Spitzboov gar nich west, dat is man en Strohkeerl west, se schall em gau den Ring un dat Küssen hendoon, dat de anner dat nich weghaalt.

De Gräfin, de meent ja, dat ehr Mann dat is – de Spitzboov hett den Grafen sien Spraak annahmen – un gifft em Ring un Küssen hen, un he geiht dar ja mit af.

As he even ut de Döör is, kümmt de Graaf herin. „Dat weer de Spitzboov gar nich“, seggt he, „dat weer man en Strohkeerl. Dat schall em aver doch nich lücken, dat he dat wegkriggt. Do mi den Ring un dat Küssen man her; ik will dat lever sülven verwahren.“ – „Dat heff ik di ja al geven“, seggt de Gräfin. „Wannehr?“, seggt de Graaf. „Ja, even“, seggt se, „as du hier weerst.“ – „Wat?“, seggt de Graaf, „denn is de verdammte Keerl dar ja doch mit över't Stüür.“

Annern Morgen, do kümmt de Spitzboov ja mit Ring un Küssen bi den Grafen an. Un do kriggt he den Grafen sien Dochter to Fru.

Nu is dar en Preester west in en Dörp, den hett dat nich passt, dat de Spitzboov so hooch kamen is un hett en Grafendochter kregen. Un wenn he sünndaags predigt hett, denn hett he ümmer vun den Spitzboov predigt. Un de Köster hett dar ok ümmer över spektakelt.

Plattdeutsch – *Hochdeutsch*
falsch – *böse*
Kreeft – *Krebs*

Dar is de Spitzboov nu ja falsch över worrn toletzt, un do seggt he, dat schüllt se noch mal wies warrn, de beiden: He will ehr noch mal mit de Hunnenpietsch vun de Hoffsteed bringen.

Nu kümmt he bi un köfft sik en ganzen Korf vull Kreeft, un de stickt he so en lütt Wasslichter twüschen de Scheren. Un des Avends, as dat düüster is, do geiht he mit sien Kreeft na den Kirchhoff un lett ehr dar krupen. Un de Lichter stickt he an, dat de ganz Kirchhoff vull Füür west is. Un denn hett he sik so 'n groten Sack mitnahmen, den leggt he bi de Kirchendöör hen. Un do stiggt he na den Torn rop un stellt sik dar vör dat Schalllock un röppt ümmerlos: „Ik bün Sankt Peter. De mit na den Himmel will, de mutt herkamen un in mien Sack krupen. Ik bün Sankt Peter. De mit na den Himmel will, de mutt herkamen un in mien Sack krupen."

Dat höört de Köster, de hett an den Kirchhoff wahnt. Un as he ut de Döör kümmt un warrt all de Lichter wahr op den Kirchhoff, do löppt he gau hen na den Preester. „Herr Pastor“, seggt he, „de jüngst Dag is kamen. De ganz Kirchhoff is al vull Füür. Un Sankt Peter steiht vör dat Schalllock un röppt, de mit na den Himmel will, de schall kamen un in sien Sack krupen. Wi mööt man gau hen; sünst vergaht wi mit.“

Plattdeutsch – *Hochdeutsch*
gau – *schnell*
Addelpohl – *Jauchegrube*
Hill – *Stallboden*

Do loopt se ja beid hen. Un as se bi de Kirchendöör kaamt, do steiht Sankt Peter al dar un höllt sien Sack apen. Un do kruupt de beiden dar ja rin. Do bindt he sien Sack to un sleept mit ehr los. Eerst sleept he mit ehr dörch den Addelpohl. „Nun kommen wir durch die Wolken“, seggt de Preester. Darop sleept he mit ehr na de Schüün rin un dar lang de Trepp op. Do seggt de Preester: „Das gibt auch so manchen Stoß nach dem Himmel rauf.“ Toletzt smitt he ehr baven vun de Hill – quuks! – hendal na den Goosstall rin. Nu warrt de olen Göös ja schreen un taddern, do seggt de Preester: „Was singen einmal die heiligen Engel schön!“

Annern Morgen – de Nacht över hebbt se in den Sack besitten blieven müsst –, do kümmt de Spitzboov un maakt den Sack apen. Un do steiht he mit de Hunnenpietsch vör ehr. Un do op ehr.

„Wat hebbt ji in mien Goosstall to doon?“, seggt he. „Wüllt *ji* mi mien Göös stehlen?“ Un do hett he ehr mit de Hunnenpietsch vun de Hoffsteed bröcht. Do hebbt se dat aflöövt, de beiden, un hebbt seggt, se wullen in ehren ganzen Leven nix wedder vun den Spitzboov seggen.

Do hebbt se Duld kregen.

Plattdeutsch – *Hochdeutsch*
aflöven – *abschwören*
Duld – *Ruhe*

De Suldaat un de Düvel

Dar is mal en Suldaten west, de hett op'n Posten stahn. He hett keen Schilling Geld hatt; sien Taschen sünd all leddig west.

Plattdeutsch – *Hochdeutsch*
leddig – *leer* Rennlichkeit – *Reinlichkeit*

Nu steiht he dar un gruvelt, do kümmt Pöting dar bi em an, de Düvel. De fraagt em: „Wat schaadt di? Du steihst hier ja un gruvelst." – „Ja", seggt de Suldaat, „wat schull mi nich schaden? En Suldaat kann ja nich vergnöögt wesen. Ik heff nich een Schilling Geld in de Tasch." – „Ja", seggt Pöting, „wenn du di een Jahr lang keen Rennlichkeit doon wullt, denn will ik di so veel Geld geven, as du bruken wullt." – „Dat kann ik ja nich", seggt he, „ik mutt hier ja mien Deensten doon." – „O, dar sorg man nich för", seggt Pöting, „dat will ik woll doon. Ik gah hier för di op'n Posten stahn." – „Ja", seggt de Suldaat, „denn will ik dat." – „Deist du di aver Rennlichkeit", seggt Pöting, „denn so büst du mien." – „Ja, is goot", seggt de Suldaat.

Nu hett he sik ja nich wuschen un nich kämmt, un do warrt he toletzt ja al ganz schruterig utsehn. Un de Lüüd möögt gar nich recht wat mehr mit em to kriegen hebben. Aver he hett ja ümmer Geld.

En half Jahr hett dat nu al so gahn, do kümmt he mal in en Weertshuus. Dar dröppt he en Eddelmann. Do seggt he to den Eddelmann, so en Herrn, as he is, he schall mal een utgeven, schall mal en Glas Punsch op'n Disch kamen laten. – „Ja", seggt de Eddelmann, „wenn du so arm weerst, as ik bün, denn kunnst du ok keen Glas Punsch utgeven." – „Ik heff nix", seggt he, „morgen kaamt se un nehmt mi mien Hoff af. Ik bün bankerott." – „Na, denn will *ik* mal en Glas op'n Disch kamen laten", seggt de Suldaat.

Do lett he ja Punsch kamen, un se drinkt ja, un do fraagt he den Eddelmann, wat he ok Döchter hett. „Ja", seggt de Eddelmann, „dree." – „Ja", seggt de Suldaat, wenn he dar een vun to Fru hebben schall, denn will he sien Schuld betahlen. – „Ja", seggt de Eddelmann, vun sientwegen. Wenn sien Döchter dat wüllt, denn schall he een hebben.

Do stiegt se to Wagen und föhrt dar hen na den Hoff. As he ut den Wagen kümmt, de Suldaat, hu! do is dat ja schruterig för de dree Deerns. „Na", seggt de Eddelmann to em, „welke wullt du denn hebben?" – Ja, em is dat eenerlei, seggt he, welke as he hebben schall. Do mutt eerst de öllst herinkamen. – Do fraagt de Vadder ehr, wat se den Suldaten hebben will to Mann. – „Ne", seggt se, den will se nich hebben, un wenn se ok gar keen kriggt.

Do lett he de tweet föddern. De seggt dat sülvig. Do mutt de jüngst herinkamen. De seggt: „Ja! – Wenn he *so* veel Geld hett", seggt se, dat he ehren Vadder sien Goot free maken kann, denn is he ok woll wedder reintokriegen. – Do seggt de Suldaat to ehr, en half Jahr mutt se aver noch töven. Denn kümmt he wedder.

Avends sitt he mit den Eddelmann alleen in de Stuuv, un do tellt he em dat Geld vör ut sien lütten Geldbüdel. Un den annern Morgen reist he af.

Plattdeutsch – *Hochdeutsch*
de böverste – *der oberste, der beste*

As dat Jahr üm is – Vageln hett he ok ja all hatt –, do geiht he dar wedder hen, wo Pöting op'n Posten steiht. – „Na", seggt Pöting, „kümmst du?" – „Ja", seggt he. – „Du hest di ja doch Rennlichkeit daan", seggt Pöting. – „Ne", seggt he, „dat is nich wahr, dat heff ik nich." – „Na", seggt Pöting, „dat is denn ok eenerlei. Wenn ik *di* nich krieg, denn krieg ik *doch* noch fief Braden. Een Avend hest mi aver fix Geld afluxt. Dat kümmt dar ok nich op an", seggt he.

As he nu free kamen is, de Suldaat, do fraagt he sik na dat best Weertshuus hen, wat dar is. Un de Weert bringt em alleen na en Stuuv herin. Do seggt he to den Weert, he schall den böversten Barbeer mal halen laten. De Weert schickt hen un lett em halen.

As de Barbeer kümmt, do fraagt de Suldaat em, wat he em den Baart nich afnehmen kann. – „Ne", seggt de Barbeer, so en Mann, as *he* is, nimmt he den Baart nich af.

Do lett he den armsten halen. De seggt: „Ja." – Do lett he sik den Baart afnehmen un de Haar snieden, un do gifft he em so veel Geld, dat he keen Noot mehr lieden dörv, so lang as he leevt.

Do lett he den böversten Schooster halen, wat he em nich en Paar schöön Steveln maken kann. – „Ne“, seggt de Schooster, so en Mann, as *he* is, maakt he keen Steveln.

Do lett he den armsten halen. De seggt: „Ja.“ Aver he hett man nich recht Geld, seggt he, dat he sik Ledder köpen kann. Do gifft he em Geld. Un as he de Steveln bringt, do gifft he em so veel Geld, dat he ok keen Noot mehr lieden dörv, so lang as he leevt.

Do lett he den böversten Snieder halen, wat he em en feinen Antog maken kann. – „Ne“, seggt de Snieder, so en Mann, as *he* is, maakt he keen Tüüch.

Do lett he den armsten halen. De seggt: „Ja.“ Aver he hett man nich recht Geld, seggt he, dat he Tüüch köpen kann. Do gifft he em Geld. Un as he den Antog bringt, do gifft he em so veel Geld, dat he ok keen Noot mehr lieden dörv, so lang as he leevt.

De annern dree kriegt dat to weten. De gaht foorts hen un versuupt sik. Do sünd dat ja al dree Braden west, de Pöting kregen hett.

As he nu wedder rein is, de Suldaat, un is wedder in en Antog, do lett he en Rosskämmer kamen un köfft sik veer hübsche Schimmels. Un denn schafft he sik en feinen Wagen an un meedt sik en Kutscher, un do föhrt he dar hen na den Hoff, wo sien Bruut is.

As de dat wies warrt, dat dar en Herrn anjagen kümmt mit veer Schimmels ut de Lien, en feinen Herrn, do weet se ja gar nich, wer dat wesen kann, un kaamt ja all vör de Döör. – Do springt he vun den Wagen un faat sien Bruut üm un küsst ehr. Do weet se ja all Bescheed.

Do gaht de annern beiden Döchter foorts hen un verdrinkt sik. Do sünd dat ja fief Braden west, de Pöting kregen hett.

Un do hett de Suldaat de jüngst Dochter to Fru kregen – un dat Goot ok.

Mien Ohm

Dar is mal en Buur west, de hett en beten mehr hatt as de annern Buurn. Un do verklaagt se em bi den Herrn, dat he hexen kann.

Do lett de Herr em kamen un seggt: „Na, *du* kannst hexen?“ – „Ne“, seggt de Buur, „wat schull *ik* woll hexen könen?“ – „Ja“, seggt de Herr, dat will he doch eerst mal sehn. He schall em in een Dag en ganz Koppel Haver afmeihen. Wenn he dat nich kann, schall he vun de Buursteed.

Nu geiht de Buur den annern Morgen ja hen na de Koppel un fangt an to meihen. Do kümmt dar so en ool lütten Keerl bi em an, de seggt: „Wat schaadt di? Du sühst ja so bedröövt ut.“ – „Ja“, seggt de Buur, „ik schall in een Dag de ganz Koppel afmeihen. Wo schall ik de wull afkriegen?“ – „Ja, gah man hen to Huus“, seggt de lütt Keerl, „de Koppel schall woll afkamen. Un wenn du mal wedder in Noot büst, dat ik kamen schall un schall di helpen, denn roop man: Mien Ohm!“

Nu geiht he ja hen to Huus, un avends is de Koppel af. Do geiht he hen na den Herrn un seggt: „So, Herr, de Koppel is af.“ – Do seggt de Herr, wenn he *dat* kann, denn schall he ehr morgen ok inföhrn, de Koppel, ok in een Dag. Wenn he dat nich kann, schall he liekers vun de Steed.

Na, den annern Morgen, do geiht de Buur ja wedder hen na de Koppel un röppt: „Mien Ohm!" – Do kümmt de lütt Keerl dar wedder an, un do klaagt he em dat, de Buur, dat he de Koppel nu ok inföhrn schall in een Dag. Do seggt de lütt Keerl to em, he schall na den Herrn gahn un schall em üm en Dracht Haver bidden. He schall man seggen, he hett nix mehr to freten för sien Peer. Un denn schall he hen to Dörp gahn un all de Repen halen, de in't Dörp sünd.

Plattdeutsch – *Hochdeutsch*
Reep – *Seil, Tau* leddig – *leer*

Do geiht he ja hen na den Herrn, wat he man en Dracht Haver hebben schall, un de Herr verlöövt em dat ok. Un do geiht he hen to Dörp un lehnt sik all de Repen tohoop, de in't Dörp sünd – dat is en ganz Föhr west –, un dar föhrt he mit hen na de Koppel.

As he op de Koppel kümmt, do knütt se all de Repen tohoop. Un do mutt de Buur op een Enn anfaten an dat Tauwark, un de lütt Keerl faat an't anner Enn an, un de een geiht links üm de Haver un de anner rechts, un as se tosamen sünd, do treckt se dat allens tohoop, wat op de Koppel is. Un do nimmt de lütt Keerl dat op den Nacken un driggt dat na den Buurn sien Huus hen.

Do geiht de Buur hen na den Hoff un seggt: „So, Herr, de Koppel is leddig." – „Du hest hier ja noch nix bröcht", seggt de Herr. – „Ja", seggt de Buur, he hett em ja en Dracht Haver verlöövt; dat hett he na sien Huus dragen, un do is dar nix nableven.

Do seggt de Herr, denn schall he em den annern Dag den gröttsten Boom bringen, de he in sien Holt hett. Wenn he dat nich kann, schall he liekers noch vun de Steed.

Annern Morgen, do geiht he ja hen to Holt, de Buur, un röppt: „Mien Ohm!" Do kümmt de lütt Keerl dar wedder an, un do klaagt de Buur em sien Noot, dat he den Herrn den gröttsten Boom bringen schall, den he in sien Holt hett.

„O", seggt de lütt Keerl, „dat wüllt wi woll kriegen." – Do söökt se den gröttsten Boom ut, un de lütt Keerl ritt em ut de Eer. – „Ja", seggt de Buur, „wo kriegt wi em nu man na den Hoff hen?" – „O, tööv man en beten", seggt de lütt Keerl, „dar warrt woll glieks en Fahrwark kamen."

Un do wahrt dat ok nich lang, do kaamt dar dree groot, swart Hingsten an mit en Wagen un mit en överig Seel. Un do smitt de lütt Keerl den Boom op den Wagen, un do föhrt se dar mit na den Hoff hen, vör't Herrnhuus hervör.

Do fraagt de lütt Keerl: „Schall ik den Boom dar nu baven ropsmieten na't Huus?" – „Ne", seggt de Buur, he schall em man nerrn laten. – Do kümmt de Herr rut un besüht de Hingsten. „Dat sünd ja bannig schöön Hingsten", seggt he. – „Ja", seggt de lütt Keerl, „*kennst* du de nich?" – „Ne", seggt de Herr.

„Ja", seggt he, „denn will ik di dat seggen: Disse, de ik ünnern Saddel heff, dat is dien ool Öllervadder. Un de ik achterbi heff, dat is dien Grootvadder. Un de ik op't Leid heff, dat is dien Vadder. Un denn heff ik hier noch en leddig Seel, dar schasst *du* in, wenn du doot büst."

De kloke Buur

Dar is mal en Buur west, de hett plöögt op sien Koppel, un do plöögt he en Grapen mit Geld ut. As he in't Huus kümmt to Middag, do vertellt he sien Fru dat. Se schall dat aver jo un jo nich naseggen, seggt he, sünst mööt se dat Geld ja aflevern. Sien Fru kann aver nich swiegen un snackt dat ja doch ut. Do mutt he hen to Amt kamen, de Buur.

Plattdeutsch – *Hochdeutsch*
naseggen – *weitererzählen*
allerwegens – *überall*
gettern – *gießen, regnen*

Do fraagt de Amtmann em, he schall ja wiss en Grapen mit Geld funnen hebben bi't Plögen: wat dat wahr is. „Ne", seggt he, „dat is nich wahr, he hett nix funnen." – Ja, seggt de Amtmann, sien Fru hett dat ja doch vertellt. – Ach, seggt he, sien Fru, de hett ehren rechten Witz nich. Do laat se em eerst so wedder gahn.

Do geiht he bi den Bäcker vör un köfft sik en ganz Portschoon Kringeln. De nimmt he mit to Huus. Un an den Avend, as dat düüster is – dat hett so na Regen utsehn –, do kümmt he bi un streut de Kringeln allerwegens in den Gaarn un op de Hoffsteed hen. Nu warrt dat nachts so dull regen. Do weckt de Buur sien Fru op. „Höör mal, Mudder", seggt he, „wo dat gettern deit buten!"

Annern Morgen, as se ut de Döör kümmt, de Fru, do warrt se ja all de Kringeln wies. Do röppt se ehren Mann herut. „Vadder“, seggt se, „nu kiek doch mal! Wo kaamt eenmal all de Kringeln her?“ – „Ja, Mudder“, seggt he, „dat hett Kringeln regent över Nacht. Du hest dat Gettern ja doch sülven höört.“

En paar Daag naher, do mutt de Fru hen to Amt. Do seggt de Amtmann, ehr Mann schall ja wiss Geld funnen hebben bi't Plögen: wat dat wahr is. „Ja“, seggt se, „dat is wahr, Geld hett he funnen.“ – Ja, wanneer as dat denn west is. – „Ja“, seggt se, „dat weer so wat 'n acht Daag vör de Tiet, as dat in de Nacht Kringeln regen dee.“

Do meent de Amtmann ja, dat dat so is, as de Buur seggt hett, dat se ehren rechten Schick nich hett. Un do seggt he to ehr, se schall man wedder hen to Huus gahn; he weet nu al noog.

Do hett de Buur sien Geld ja beholen.

Hans un de Ries

Dar is mal en Buur west, de hett dree Söhns hatt, twee kloke un een dummen. De dumme hett Hans heten. As se ranwussen sünd, de Jungs, do schüllt se ok ja reisen.

Toeerst sall de öllst weg. De kriggt en Daler Reisgeld un geiht ja los. Ünnerwe-gens kümmt he in en Holt. Dar begegent em en Ries. – „Wo wullt du hen?“, fraagt de Ries. – „Ja“, seggt he, „ik sall reisen un mi wat versöken.“ – „Na“, seggt de Ries, „denn giff man af, wat du hest.“ Un darmit nimmt he em sien Daler af. Do kann he so wedder to Huus gahn.

Plattdeutsch – *Hochdeutsch*
Dacklünk – *Sperling*

Naher schall de tweet Söhn ja weg. Den geiht dat, kort to vertellen, graad evenso. As he wedder to Huus kümmt, do will Hans weg. – „Wat wullt *du* reisen?“, seggt de Ool. „De annern beiden sünd nich wiet kamen, *du* kümmst ja gar so wiet nich.“

Hans lett aver nich af: He will weg. – „Na, denn gah los“, seggt de Ool. „Mitkriegen deist aver nix.“

Nu fangt Hans sik en Dacklünk, un denn haalt he sik en verrötten Köömkees ut sien Mudder ehr Spieskamer, un do geiht he ja los. As he in dat Holt kümmt, da begegent de Ries em ok.

„Wo wullt du hen?“ fraagt de Ries. – „Ja“, seggt Hans, „heff ik *di* all fraagt, wo du hen wullt?“ – „Wees man nich so wedderhaarig!“ seggt de Ries. – „Ja, wat wullt du denn?“, seggt Hans, „du kannst mi nix doon.“

„Ja“, seggt de Ries, „kannst *du* en Steen so hoch smieten, dat he een Stunn wegblifft?“ – „Ja“, seggt Hans, „*ik* kann en Steen so hoch smieten, dat he gar nich wedder dalkümmt.“

Plattdeutsch – *Hochdeutsch*
wedderhaarig – *widerborstig*

Un do grabbelt he so bi sik rüm, as wenn he sik en Steen söken will, un darbi kriggt he sien Dacklünk ut de Tasch. Un do smitt he de in de Höócht, un de Dacklünk flüggt ja weg.

Do seggt Hans to de Ries: „Kannst du Water ut en Steen drücken?“ – „Ja, dat weet ik nich“, seggt de Ries. – „Ja, *ik* kann dat“, seggt Hans.

Do söcht de Ries sik en Steen her un fangt an to drükken. He kann dar aver keen Water rutdrücken. Do grabbelt Hans wedder so bi sik rüm, as wenn he sik ok en Steen söken will, un darbi kriggt he sien Kóömkees ut de Tasch un drückt, dat dat Water dar rutlöppt.

Do seggt de Ries: „Du büst mi in de Övermacht. Wullt du bi mi denen as Knecht?“ – „Ja“, seggt Hans. Do vereenbaart se sik över Lohn, un do warrt Hans Knecht bi den Ries.

As se to Huus kaamt, do schall Hans en Dracht Water halen ut en Soot. Do kriggt he en paar so grote Emmers, de kann he knapp leddig dregen, veel weniger noch vull Water. He süht aver doch to, dat he ehr henkriggt, un do füllt he ehr vull. Un as he ehr vull hett, do lett he ehr dar stahn un fangt in de Soot an to plümpern.

De Ries warrt de Tiet lang, un he kümmt em na. „Na, Hans", seggt he, „du kümmst ja nich wedder." – „Ja", seggt Hans, „ik heff hier en groten Fisch in den Soot, den wull ik eerst faat hebben."

„Ja, denn seh man to", seggt de Ries, „dat du em faat kriggst. Denn dreeg ik mit dat *Water* to Huus." – Do driggt de Ries dat Water to Huus, un Hans blifft dar bi to plümpern.

Plattdeutsch – *Hochdeutsch*
Pull – *Baumkrone*
Telg – *Zweig*

As de Ries mit sien Dracht weggahn is, do geiht Hans em na. „Na, hest em?", fraagt de Ries. – „Ne", seggt Hans, „ik kunn em nich faat kriegen."

Annern Dag wüllt se to Holt un wüllt Holt halen. Do geiht Hans den Avend vörher hen un saagt sien Boom so wiet in, dat he meist af is. Do haut he den annern Morgen man en paarmal to, un do hett he *sien* Boom dal. Un de Ries is bi sien eerst anfungen.

As se ehr Bööm dalhebbt, do wüllt se ehr ok ja to Huus dregen. Do seggt Hans to den Ries: „So, nu musst *du* ünner dat Stammenn, un ik will ünner den Pull, de is ja swarer, dar sünd ja all de Telgens an.“ Do nimmt de Ries dat Stammenn op den Nacken, un Hans geiht achter in den Pull op en Telgen sitten.

As se en Flach dragen hebbt, do will de Ries mal dalleggen. „Nu wullt al dalleggen?“, seggt Hans, „denn tööv man en beten; ik will mien Enn eerst sacht dalleggen.“ – As he op de Eer is: „So“, seggt he, „nu smiet man vun't Lief.“ – As se ehr Bööm hen to Huus hebbt, do is de ool Ries ganz natt sweet. Un Hans hett gar keen warme Steed.

Plattdeutsch – *Hochdeutsch*
Flach – *Stück, eine Zeitlang*
ahnhaftig – *ohnmächtig*
schrimpen – *jucken*

Do warrt de ool Ries doch bang vör em. Un he denkt, wenn Hans slapen deit, denn will he em doot maken. Hans is aver al so'n beten ahnhaftig worrn: He kümmt bi un maakt sik en Strohkeerl un leggt *den* in sien Bett. Un *he* krüppt ünner dat Bett.

As dat nu so wat üm Middernacht is, do kümmt de Ries mit en groot Äxt. „Hans!“, seggt he. Hans swiggt still. Do meent de Ries, he slöppt. Un do nimmt he de Äxt un sleit den Strohkeerl darmit vör den Kopp. He meent ja, dat is Hans.

Annern Morgen, as dat Dag warrt, do röppt de Ries: „Hans!“ – „Ja!“, röppt Hans. Do verfeert he sik, de ool Ries.

Naher kümmt Hans ja rin to Fröhkost eten. Do seggt he to den Ries: „Mi hett över Nacht en ool Mügg vör'n Kopp steken, dat schrimpt noch."

As Hans wedder rut is, do seggt de Ries to sien Fru: „Ik heff em över Nacht een mit de Äxt vör den Kopp geven, un *he* meent, em hett en Mügg steken. Wo warrt wi de Keerl wedder los?"

Do röppt he Hans herin und fraagt em, wat he nich afgahn will. „Ne", seggt Hans. Ja, he schall ok en Spint Geld hebben. „Ja", seggt Hans, „wenn du mi en Spint Geld giffst, gah ik af."

Do gifft de Ries em en Spint Geld, un do geiht Hans af un geiht mit sien Geld hen to Huus.

Do hett *he* en Spint Geld hatt, un sien beiden kloken Bröder hebbt gar nix hatt.

De ool Mann, de wedder na School geiht

Dar sünd mal en paar ool Lüüd west. De Mann, dat is en Daglöhner west, un de Fru hett so as Baadfru gahn. Nu hett de ool Fru mal wat in't Preester-Huus to doon hatt un steiht so in de Köök. Do kriggt de Kööksch graad en groot Stück Fleesch ut den Ketel, recht so 'n schöön, fett Fleesch.

„Ach Gott“, seggt de ool Fru, „kunnen wi ok doch mal so 'n schöön, fett Fleesch eten!“ Do kümmt den Preester sien Fru graad rin na de Köök, de hööt dat. „Ja, lütt Fru“, seggt se, „Ehr Mann hett nich noog lehrt. Wenn he so veel lehrt harr as mien Mann, denn kunnen Se un Ehr Mann ok so 'n fett Fleesch eten.“ – „So“, seggt se, „schull dat dar an liggen?“ – „Ja, dar liggt dat an“, seggt se.

Plattdeutsch – *Hochdeutsch*
Baadfru – *Botenfrau*

As se to Huus kümmt, de ool Frau: „Du Vadder“, seggt se, „weetst wat?“ – „Na, wat denn, Mudder?“ – „Ja“, seggt se, „unsen Preester sien Fru, de see, du harrst nich noog lehrt. Wenn du so veel lehrt harrst as *ehr* Mann, denn kunnen wi ok so 'n fett Fleesch eten, as se in den Ketel harrn. Un nu dücht mi, wenn du so wullst as ik, denn kunnst du noch en beten wedder na School gahn, dat du noch en beten tolehrst.“ – „Ja, Mudder“, seggt he, „wenn du dat meenst, denn kann ik dat ja.“ – „Ja“, seggt se, „denn will ik di morgen fröh en Fibel geven, un denn geihst du mit de Schoolkinner hen.“

As he in de School kümmt den annern Morgen: „Na, mien goot Mann“, seggt de Schoolmeister, „wat will He denn?“ – „Ja“, seggt he, „mien Fru, de meen, ik schull noch en beten wedder na School gahn, dat ik noch en beten tolehrn dee.“ – „Ne, mien goot Mann“, seggt de Schoolmeister, „dat laat He man blieven. Gah He man wedder hen to Huus. Dat is nu to laat.“

Na, he geiht ja wedder hen to Huus mit sien Fibel. As he bi sien Fru kümmt: „Na, Vadder“, seggt se, „is de School al ut?“ – „Ne“, seggt he, „ut is se noch nich. Aver de Schoolmeister see, ik schull man wedder hen to Huus gahn. Dat weer al to laat. Denn mutt ik morgen man en beten ehrer hengahn.“ – „Ja, Vadder“, seggt se, „dat musst du denn ja.“

Annern Morgen geiht he al en Stunn ehrer weg. As he in de School kümmt: „Na“, seggt de Schoolmeister, „He kümmt ja al wedder.“ – „Ja“, seggt he, „Se seen güstern ja, ik keem to laat. Nu bün ik vundaag al en Stunn ehrer weggahn.“ – „Ne, lütt Mann“, seggt de Schoolmeister, „denn hett He mi verkehrt verstahn. Ik meen, He weer al to oolt to't Lehren.“ – „So“, seggt he, „so schall ik dat verstahn. Na, denn helpt dat ja nich. Denn man atschüß.“

Nu geiht he en annern Weg wedder trüch, un do findt he ünnerwegens en groten Büdel vull Geld. As he to Huus kümmt: „Na, Vadder“, seggt se, „is de School al wedder ut?" – „Ne", seggt he, „aver de Schoolmeister meen, ik weer to't Lehrn al to oolt. Aver ik bün liekers goot togang kamen", seggt he. „Kiek mal, Mudder, ik heff en groten Büdel vull Geld funnen." – „O, Vadder", seggt se, „dat musst du ja anmellen op dat Amt. Dat dörvt wi ja nich beholen. Aver wi kriegt dar ja sachts en beten vun af."

Na, de ool Mann ja hen to Amt. As he bi den Amtmann kümmt: „Na", seggt de Amtmann, „wat hett He denn op'n Harten?" – „Ja, Herr Amtmann", seggt he, „ik wull Se man seggen, ik heff Geld funnen." – „So?", seggt de Amtmann, „woneem hett He dat denn funnen?" – „Ja", seggt he, „as ik ut de School keem." – „O, mien goot Mann", seggt de Amtmann un lacht, „dat kann He geern beholen. Dat Geld, wat do gullen hett, dat gellt nu doch nich mehr." Do hett he sien Geld ja beholen. Un do hebbt se sik ok ja so en fett Fleesch köpen kunnt.

Hans un de Preester

Dar is mal en Preester west, de hett sik dree Knechten holen. De een, dat is so 'n dörchneihten west, de hett Hans heten. Nu hett he en Wisch hatt, de Preester, dar schüllt se mal een Morgen hen to meihen. De Wisch is aver en aarig Flach vun dat Dörp af west, un do kriegt se glieks so veel to leven mit, dat se för den ganzen Dag wat hebbt.

Plattdeutsch – *Hochdeutsch*
dörchneiht – *hier: verrückt*

As se dar nu kaamt in de Wisch, do seggt Hans: „O, wüllt man eerst en Ogenblick liggen gahn." Na, se leggt sik hen un slaapt eerst en Stoot. As se wedder opwaakt sünd, do seggt Hans: „Meihen köönt wi den ganzen Dag ja noch; wüllt man eerst en beten Fröhkost eten." – „Ja", seggt de annern beiden, „dat köönt wi ja." Do eet se ja Fröhkost, un dat smeckt ehr so schöön, un do eet se glieks ehren ganzen Brootbüdel leddig.

Nu hebbt se sik ja so vullpackt hatt, un warm is dat ok west, do seggt se een to den annern: „O, wüllt man noch en Ogenblick liggen blieven." Un daröver slaapt se wedder to un slaapt so lang, bet de Sünn al meist ünnergahn will. Do waakt se op. „Düvel ja", seggt de annern beiden, „wat nu? Dat is ja Fieravend, un wi hebbt ja noch keen Hau daan! Wat schall de Herr seggen, wenn de morgen fröh mal kümmt un will sehn, wo wiet as wi sünd?" – „O", seggt Hans, „dar laat *mi* man för sorgen. Maakt man to, dat wi hen to Huus kaamt." Darmit staht se ja op un gaht los.

As se ut de Wisch sünd, do kaamt se över en Dreschkoppel, wo Peerd un Köh op gaht. „So", seggt Hans, „nu wüllt wi unsen Brootbüdel vull Schellbieters un Schallkatten sammeln. Un wenn dar en paar Peerfiegen un Sünnenbackskoken mang kaamt, is dat ok keen Mallöör." Nu sammelt se den Brootbüdel ja vull.

Plattdeutsch – *Hochdeutsch*

Schellbieter, Schallkatt – *Mistkäfer*
Peerfieg – *Pferdeapfel*
Sünnenbackskoken – *getrockneter Kuhfladen*

As se to Huus kaamt: „Na, Hans", seggt de Preester, „wo wiet sünd ji?" – „Ja, uns Herr", seggt Hans, „de Wisch hebbt wi af." – „Süh, dat is ja schöön, Hans", seggt de Preester, „denn sünd ji ja heel flietig west. Wat hest dar in den Büdel? Hebbt ji juun Broot gar nich opkregen?" – „Ja", seggt Hans, „dar hebbt wi en Immenswarm in. As wi bi to meihen weern, do keem dar en Swarm anflegen; den hebbt wi infaat. Un nu dachen wi, wenn de Herr uns dar en paar Schilling för geven wull, denn kunn de Herr em kriegen." – „Ja, ne", seggt de Preester, „geven do ik ju dar nix för. Wat ji in mien Deenst kriegen doot, dat kümmt mi bi." – „Ja", seggt Hans, „wenn de Herr so is – wi hebbt uns so suur daan bi dat Meihen! – un will uns dar gar nix för geven, denn wull ik, dat de Immen to luter Schellbieters un Schallkatten wörrn, mit Peerfiegen un Sünnenbackskoken mang, un dat de ganz Wisch wedder opstünn!"

Annern Morgen, do will de Preester de Immen ja in en Rump kriegen. Aver as he den Büdel apenmaakt, do sünd dar luter Schellbieters un Schallkatten in. Do seggt he to Hans, he schall em den Voss mal saddeln. Hans saddelt em den Voss, un do ritt de Preester hen na de Wisch.

Do is – des Döösters! – de ganz Wisch wedder opstahn bet op en lütten Plakken, un dar kümmt dat Gras ok al wedder in Enn. Do ritt he wedder hen to Huus, de Preester, un do seggt he to Hans: „Hier sünd dree Daler, Hans, aver denn maakst mi so en Töög ok nich wedder.“

Plattdeutsch – *Hochdeutsch*
Rump – *Bienenkorb*
Töög – *dummes Zeug*

Lögenhaftig to vertellen

As ik so 'n lütten Jung weer vun en Jahrer twee, do harr ik al dree Jahr bi en Buurn deent. Nu schick de Buur mi mal hen to Stadt, ik schull Rövensaat halen. Un do kreeg ik so en groot Tüüt vull. Ünnerwegens weer ik ja nielich, wo de Saat woll utsehn dee. Un do maak ik de Tüüt apen un goot mi dar en paar Köörn vun in de Hand. Un darbi spill dar en Koorn un full an de Eer, na so en lütt Rill herin. Un so as dat in de Eer weer, leep dat op un fung an to wassen. Un wuss so fursch, dat dat in een Ogenblick baven na den Himmel rinwussen weer.

Plattdeutsch – *Hochdeutsch*
nielich – *neugierig*
spillen – *wegspringen*
Haverkaff – *Haferspreu*

Do denk ik: „Du schallst doch mal sehn, wo dat in den Himmel utsüht." Un do klatter ik an de Rank in de Hööchd, baven na den Himmel rop. As ik mi dat dar all so en beten besehn harr, do wull ik wedder hendalklattern. Aver do weer vun mien Rank nix mehr to sehn. Dar weer en Wind opkamen wieldes, de harr de Rank ümweiht. „Ja, wat nu?", denk ik, „wo kümmst nu wedder hendal?"

Do seten dar en paar ool Fruunslüüd in den Himmel, de weern bi to spinnen. De een spünn Haverkaff un de anner Bookwetenkaff. Do beed ik ehr, se schullen mi en Spoolvull vun ehr Gaarn geven, dar wull ik mi wedder an hendal laten. Na, se geven mi ok beid en Spoolvull, un do knütt ik dat baven an en Kramp un leet mi an dat Gaarn hendal.

Ik weer aver man eerst half hendal, do weer dat Gaarn to Enn. „Wat stellst nu op?“, denk ik. Do beet mi en ool Floh in den Nacken. Ik kreeg em faat, den Floh, un slach em. Un do reet ik em de Darms ut dat Lief, de knütt ik an dat Gaarn an. Do keem ik ja al en aarig Enn wieder hendal.

Toletzt, do weern de Darms aver ok all, un do bummel ik dar ja twüschen Himmel un Eer. „O“, denk ik, „nu kannst dat ok woll al op't Springen leggen.“ Un darmit leet ik mi los un waag dat mit Springen. Nu weer ik aver ja woll noch gar to wiet vun de Eer af west, un do sprüng ik mit dat een Been ganz deep na de Eer herin. Ik reet un reet, aver ne, ik kunn dat Been nich wedder loskriegen. „Wat stellst nu op?“, denk ik. „Wo kümmst hier wedder rut?“

Ik leep gau hen to Huus un haal mi en Biel un hau mi mit dat Biel dat Been wedder los. Un do klabaster ik mi ut dat Lock herut. Do seet dar en Vagel in en Boom, de harr dat sehn, wo ik mi dar afmaracht harr, de lach mi ümmerlos ut. Do wörr ik so dull: Ik nehm dat Biel un smeet mit dat Biel na den Vagel. Un dreep em ok, dat he doot ünner den Boom henfull. Nu weern dar aver so veel Feddern afflagen, un do kunn ik mien Biel nich wedder finnen. Dat leeg in de Feddern.

Do nehm ik en Rietsticken un steek de Feddern an. „Wenn de Feddern opbrennt sünd“, dach ik, „denn mutt sik dat Biel ja anfinnen." Aver as de Feddern opbrennt weern, ja – do weer mien Biel ok mit opbrennt. Dar weer nix vun nableven as dat Helft, dat leeg dar noch.

Plattdeutsch – *Hochdeutsch*
Helft – *Stiel*

Nachwort

Wer plattdeutsche Märchen, märchenhafte Erzählungen, Schmunzelgeschichten und schlichte Schnurren liebt, wird es begrüßen, dass mit diesem Büchlein wieder eine Auswahl der schönsten Wisser-Geschichten vorliegt – eine Auswahl derjenigen Erzählungen, die der „Märchenprofessor" in den Jahren 1903 bis 1909 unter dem Titel „Wat Grotmoder vertellt" besonders für Kinder zusammengestellt und in drei Bänden veröffentlicht hat, bevor 1913 sein erstes Buch für Erwachsene herauskam.

Als Bearbeiter haben wir uns – dem Wunsch des Verlegers entsprechend – an die 1954/56 herausgekommene vierbändige Ausgabe gehalten, die damals von den Prüfungsausschüssen für Jugendschriften zu Altona, Hamburg und Kiel und dem plattdeutschen Provinzialverband für Schleswig-Holstein besorgt wurde, um einen „guten plattdeutschen Lesestoff für Schule und Elternhaus" bereitzustellen.

Bei der Auswahl der Texte haben wir zunächst nur die beiden ersten Bände berücksichtigt. Dabei wurde auf die Aufnahme der besonders umfangreichen und langatmigen Erzählungen verzichtet; die ausgewählten Texte haben wir in eine neue Reihenfolge gebracht.

Bei der Bearbeitung der Texte ging es vor allem darum, die Schreibung den heutigen Gepflogenheiten und

Regeln – nach Johannes Sass – anzupassen, damit die Leserinnen und Leser ein vertrautes Schriftbild vorfinden, das sie beim Lesen – und vor allem auch beim Vorlesen – leicht in ihr eigenes Plattdeutsch umsetzen können.

Außerdem wurde die Zusammenziehung von kleinen Wörtern und das Weglassen ganzer Silben, wie es für das plattdeutsche Sprechen charakteristisch ist und von Wilhelm Wisser gern durch Auslassungszeichen gekennzeichnet wurde, weitgehend aufgehoben, um auch den etwas weniger geübten Plattdeutsch-Lesern die Erschließung der sprachlichen Zusammenhänge zu erleichtern.

Einige wenige gänzlich ungebräuchliche oder unverständliche Ausdrücke wurden durch solche ersetzt, die heute üblich sind; wo es nötig erschien, wurden einzelne Wörter oder Wendungen mit hochdeutschen Erklärungen versehen.

Im ganzen aber blieb die Wissersche Schreibweise in ihrem charakteristischen lebendigen Erzählton, die uns so überzeugend in die abendliche Spinnstuben-Situation der ländlichen Haushalte des 19. Jahrhunderts zurückversetzt, unangetastet.

Reinhard Goltz / Hans Heinrich Kolbeck